Totenseelen

Birgit Lautenbach
Johann Ebend

Totenseelen

Ein Hiddensee-Krimi

Weltbild

Besuchen Sie uns im Internet:
www.weltbild.de

Genehmigte Lizenzausgabe für Verlagsgruppe Weltbild GmbH,
Steinerne Furt, 86167 Augsburg

Umschlaggestaltung: Alexandra Dohse, München
www.grafikkiosk.de
Umschlagmotiv: Getty Images, München (© Hauke Dressler)
Gesamtherstellung: GGP Media GmbH, Pößneck
Printed in the EU
ISBN 978-3-8289-9545-1

2012 2011 2010 2009
Die letzte Jahreszahl gibt die aktuelle Lizenzausgabe an.

Und du, mein wehes Herz, von Schuld beladen,
Sollst gnadenmild bestraft sein und befreit.
Wie sich die nimmermüden Vögel weit
Hinauf in drohend schwere Wolken wagen
Und fremd herniederblicken auf die Zeit
Und jeden Bissen Nahrung sich erjagen,
Durch kalte Nächte irren, ohne Ruh,
So scheu und erdverwiesen sollst auch du
Durch wilde Wetter treiben, sturmverschlagen,
Dem bunten, warmen Lande ganz entsagen,
Und wirst es auch so stolz und hoch ertragen. –

Horch! Möwenschrei aus sturmgepreßten Kehlen …
Kann's wahr sein, daß ihr ruhelose Seelen,
Ewig verdammte, arme Seelen seid,
Die schwere Sünden still und edel büßen?

Joachim Ringelnatz, »Die Möwe«

1

Polizeiobermeister Pieplow genoss die kalte, klare Luft und den leichten Salzgeschmack auf der Zunge. Wie ein Kurgast, dem Luftbäder verordnet waren, atmete er tief und gleichmäßig, damit die Verspannungen in den Schultern sich lösten und der Schmerz im Kopf abebbte.

Sein Blick ging langsam über das scheckige, spröde Gras zwischen Deich und Wasserkante, das in diesem Sommer viel Sonne und so wenig Regen bekommen hatte, dass es jetzt die gleiche erdige Farbe wie die Netze hatte, die bis an die Mole hinunter zum Trocknen ausgebreitet lagen. Nur bei den Reusen, den Fässern und den Stapeln der Fischkisten gab es Grün in allen Schattierungen von giftig grell bis satt grasgrün.

Ein böiger Westwind schob Wolken zu dunklen Gebirgen zusammen, türmte sie drohend immer höher und ließ sie wieder zusammenstürzen, fasste nach und fetzte Löcher ins Grau, durch die so plötzlich Sonnenstrahlen auf das Wasser schossen, dass Pieplow vor dem hellen Glitzern blinzelnd die Augen verschloss.

Drüben am Außenpier schob die *Vitte* sich an ihren Platz. Ihre Maschinen legten ein dunkles Dröhnen über das Gnittern und Gnaastern in den Takelagen der Segler.

Pieplows Blick wanderte an der Kaimauer entlang, an den Kuttern vorbei, von denen die Reusenfahnen aufragten wie beflaggte Riesenmikados. Rot für die Schleppnetze, schwarz für die Aalkorbketten. Vor dem Schuppen der Seenotrettung lag klein und gedrungen die *Nausikaa*, jederzeit startklar und stark genug, um sich auch in rauer See zu behaupten.

Seit dreizehn Jahren war Daniel Pieplow Polizist auf Hiddensee und kannte jeden Winkel der Insel. Hochland und Steilküste, die sich schroff und trotzig der Brandung entgegenstemmte und mit jedem Sturm ihr Gesicht veränderte. Den sanften Süden, dessen Sandbänke den Bodden warm und flach machten. Über den im Herbst die Hirsche vom Darß herüberkamen. Aber obwohl es zwischen Enddorn und Gellen schönere Plätze gab, war Pieplow gern im Vitter Hafen, wo es nach Schiffsdiesel und Arbeit roch, wo der Fang an Land gebracht und Fische verkauft wurden. Um alles dafür Notwendige unterzustellen, reichten vier grob verputzte Wände und ein halbwegs solides Dach. Also ließen die Vitter ihre Schuppen ungestrichen und zerborstene Scheiben so lange in den alten Eisenrahmen, bis sie herausbrachen und durch ein festes Stück Pappe ersetzt wurden.

Was anderen ein Dorn im Auge war, gefiel Pieplow. Es gab überall an der Küste schon genug Häfen, die mit ordentlich aufgereihten Sitzbänken und Pflanzkübeln aussahen wie gepflegte Busbahnhöfe. Hier fiel es leichter, ans Meer zu denken. An Arbeit, die den Kopf klar und den Körper müde macht. An das Gefühl von Freiheit, das aufkommt, sobald ein Schiff die offene See erreicht.

Mit einem Seufzer wandte er sich um.

Von wegen Freiheit und klarer Kopf, dachte er. Zurück in die Dienststelle. Erledigen, was noch auf dem Schreibtisch wartet, und einfach nicht hinhören, wenn Kästner stänkert, weil er sich selbst auf die Nerven geht.

»Moin, Pieplow!«, hörte er hinter sich, als er schon Richtung Deich auf dem Weg war. »Nix zu tun?«, rief einer der Schiffer von den Kuttern herüber. Polizisten für überflüssige Nichtstuer zu halten, war alte Hiddenseer Tradition. Was zu regeln war, nahm man selbst in die Hand.

»So viel wie du allemal!«, gab Pieplow zurück und nahm das Gefrotzel nicht krumm. Denn eigentlich waren sie gut auf ihn zu sprechen, seit er Maries Kind zurückgebracht hatte. Auch wenn er überzeugt war, dass er dabei mehr Glück als Verstand gehabt hatte – die Hiddenseer waren ausnahmsweise mal einer Meinung: Die Kleine verdankte dem Dorfsheriff ihr Leben. Dafür, fanden sie, verdiente er Respekt.

Ob der Alte auf der Bank am Deich das genauso sah, wusste Pieplow nicht. Im Vorbeigehen hob er die Hand an den Mützenschirm, um den alten Kapitän Brahm zu grüßen.

Jeden Tag saß er dort oben. Ganz gerade, mit sorgfältig geknöpfter Joppe, eine Hand auf die Krücke gestützt. Den Blick unter der dunklen Schiffermütze zwischen den Masten der Segler hindurch auf das Wasser gerichtet. Stundenlang hielt er aus, so als gebe es für ihn keine Zeit und kein Wetter. Früh oder spät, kalt oder warm, der Alte saß da, ließ den Hafen und alles, was dazugehörte, nicht aus den Augen und hörte nicht hin, wenn die Leute über ihn redeten.

Als wenn er's drauf anlegt, sagten sie und machten keinen Hehl daraus, dass sie ihn für plemplem hielten. Wenn der so weitermacht, ist er bald wieder krank.

Das war Kapitän Friedrich Brahm nämlich im vergangenen Herbst gewesen. Todkrank an einem entzündeten Herzen und, kaum wieder gesund, nach einem Leben in der Fremde zurück auf die Insel gekommen. Nur die Jungen hatten sich darüber gewundert. So ist das, sagten die Alten. Fünfzig, sechzig Jahre fort und die ganze Welt umsegelt. Nutzt alles nichts. Am Ende zieht's jeden zurück, weil er hier begraben werden will. Nirgendwo sonst.

Bei seinen Besuchen am Hafen hatte Pieplow sich ein paar Mal neben den Alten gesetzt. Viel war nicht gesprochen worden, aber das Wenige hatte alles andere als verrückt geklungen. Über den Deich, auf dem ihre Aussichtsbank stand, hatten sie gesprochen. Darüber, dass es ihn, als der Kapitän fortgegangen war, noch nicht gegeben hatte. Dass damals noch die Boote mit knirschendem Kiel an Land gezogen wurden, wenn der Fang eingeholt und die Arbeit getan war. Schwere Arbeit, bei der viele ihr Leben aufs Spiel gesetzt und so mancher es verloren hatte.

Das Signalhorn der Fähre riss Pieplow aus seinen Gedanken. Über ihm, unwirklich weiß vor den bleigrauen Wolken, ließen sich Möwen vom Wind in den Himmel heben, stoben auseinander, als hätte sie etwas erschreckt, und segelten mit der nächsten Bö weit aufs Wasser hinaus. Weil sie nicht kreischten wie sonst und fast ohne Flügelschlag schwebten, fiel Pieplow ein, wie der Alte sie genannt hatte: »Totenseelen. Möwen sind Totenseelen.« Dabei war sein Blick einem Vogel gefolgt, der sich zwischen den Wolken in nichts aufzulösen schien.

* * *

»Totenseelen?« Wie ein Schuljunge seine Pausenstulle klappte Polizeihauptmeister Lothar Kästner das belegte Brötchen auf und wieder zu. Offenbar hatte Pieplow auf dem Rückweg vom Hafen das Richtige geholt, Salami, Majo, Gurkenscheiben. »Hab ich noch nie gehört, dass einer Möwen für Totenseelen hält. Ziemlich unpassend, wenn du mich fragst. Höchstens, es wären Seelen, die ein Heidengeschrei machen und überall hinscheißen.«

Für Poetisches hatte Dienststellenleiter Kästner keine Ader, das hätte Pieplow nach all den Jahren wissen können.

Kästner biss in sein Brötchen und kramte, während er genüsslich kaute, in seinem Gedächtnis. »Hafenmeisters Tauben, die alle Emma heißen«, förderte er schließlich zutage. Und dann noch: »Hafenhuren! Irgendwo hab ich gelesen, dass Möwen so genannt werden. Ist ja auch logisch, so weit, wie die dem Seemann entgegenkommen!« Er verschluckte sich fast, so heftig musste er über seinen eigenen Witz lachen. Er hätte sich wohl noch länger mit dem Thema vergnügt, wenn nicht in diesem Moment das Telefon geklingelt hätte.

Kästner ruderte mit den Armen, als müsse er ein Flugzeug bei der Landung einweisen, und verkündete, er sei nicht da.

Pieplow nahm den Hörer ab und meldete sich mit ruhiger, Vertrauen einflößender Stimme. »Polizeistation Hiddensee, Obermeister Pieplow.«

Im Hörer knackte und knisterte es.

»Hallo? Hier ist die Polizei Hiddensee. Sprechen Sie bitte deutlicher!«, rief er in das Rauschen, obwohl auf der anderen Seite noch gar nichts gesagt worden war. Er presste den Hörer fest an sein Ohr, lauschte angestrengt und kniff die Augen zusammen. Trotzdem verstand er nur, dass am anderen Ende jemand ebenfalls »Hallo!« rief. Mehrmals und immer aufgeregter. Dazwischen Wörter, von denen nur Fetzen übrig waren. »Zei…« schnappte Pieplow auf und »Kochen«. Sonst nichts, worauf er sich einen Reim hätte machen können. Dann brach die Verbindung ab.

Kästners fragenden Blick quittierte Pieplow mit einem Schulterzucken. »Netz zusammengebrochen«, vermutete er. »Wenn es wichtig war, melden die sich bestimmt gleich wieder.«

»Scheiß Handys«, fluchte Kästner, der sich an alles Neue nur widerwillig gewöhnte und ein herkömmliches

Telefon pro Haushalt schon für Luxus hielt. »Früher hatten wir gar keins und sind auch zurechtgekommen. Heute binden sie sich die Dinger noch um den Bauch, wenn sie splitterfasernackt den Strand lang laufen.«

Pieplow hörte dem Lamento seines Vorgesetzten nur mit halbem Ohr zu. Er wartete gespannt auf den nächsten Versuch des Anrufers und ließ den Dienstapparat keinen Moment aus den Augen.

Aufgeregt hatte die Stimme geklungen, fast hysterisch. Um keine Zeit zu verlieren, wenn der Anruf tatsächlich kam, zog er schon mal seine Uniformjacke an, knöpfte sie zu und legte den Autoschlüssel griffbereit vor sich hin.

Das Telefon klingelte.

Doch als Pieplow sich meldete, war die Leitung schon wieder tot.

Aus den Augenwinkeln sah er, dass auch Kästner sich seine Uniformjacke griff, sie vorschriftsmäßig schloss und nach seinen Krücken angelte.

»Du nicht!«, sagte Pieplow energisch. Er deutete mit einer Kopfbewegung auf Kästners Fuß, der in einer Art halbfertigem Skistiefel steckte.

»Pah!«, schnaufte Kästner empört. »Bei dir piept's wohl.«

Er ließ selten eine Gelegenheit aus, sich über den Namen seines Kollegen oder dessen Herkunft lustig zu machen. Ihn zu verhohnepiepeln, wie er es mit süffisantem Grinsen gern nannte. Pieplow stammte vom Darß und war seinen Eltern aufrichtig dankbar, dass sie nicht einen der anderen alten Darßer Namen an ihn weitergegeben hatten. Zeplien etwa, oder Fretwurst. Oder Bradhering.

»Du bist krankgeschrieben«, beharrte er.

»Teildienstfähig«, konterte Kästner.

»Das heißt Innendienst, das weißt du genau. Mit dem Flunk da bist du ein Einsatzhindernis.« Pieplow gab sich entschlossen, obwohl er wusste, wie wenig das nutzte. Kästners Großeltern waren ostpreußische Bauern gewesen, geboren war er hier auf der Insel, und herausgekommen war dabei ein dickschädeliger Sturkopp, der sich nicht so schnell von einem Vorhaben abbringen ließ. Schon gar nicht von Pieplow.

Wieder klingelte das Telefon. Pieplow stellte auf Lautsprecher um, damit auch Kästner zuhören konnte. Eine Frau meldete sich so hastig, dass sie den Namen nicht verstanden. Jetzt hielt die Verbindung zwar, und die Frauenstimme hatte sich beruhigt, trotzdem wollte ihnen immer noch nicht recht klar werden, worum es eigentlich ging.

»Knochen?« – »In einem Garten in Kloster?« – »Beim Ausschachten gefunden?« Pieplow klang ungeduldig.

Kästner brummte: »Fall für die Müllabfuhr. Um was sollen wir uns denn noch alles kümmern?«

»So hören Sie doch!« Die Stimme der Frau wurde wieder schrill und drohte zu kippen. »Das sind Menschenknochen! Schienbeine und …«

»Wenn Sie mir …« Pieplow scheiterte mit dem Versuch, den Wortschwall zu unterbrechen.

»… Reste von Füßen! Herrgottnochmal, warum gucken Sie es sich nicht wenigstens mal an?« Die Frau atmete heftig. Pieplow befürchtete, sie könnte ohnmächtig werden, bevor er erfuhr, wovon genau die Rede war, also setzte er auf ein polizeilich nüchternes »Wie heißen Sie?«.

»Was?«

»Ihren Namen. Nennen Sie mir Ihren Namen und sagen Sie, wo Sie sind, damit wir Sie finden können.«

»Ach so, ja, natürlich. Voss. Rieke Voss. Mühlberg. Also nicht direkt Mühlberg, aber wenn Sie die Gasse …«

»Wir sind in fünf Minuten bei Ihnen, Frau Voss.«

Als Pieplow sich umwandte, war Kästner bereits zur Tür hinaus, um sich einen Vorsprung zu verschaffen, der sein Handicap ausglich. Nach drei Wochen mit Plastikschuh und Krücken hatte er so viel Routine, dass er schon auf dem Beifahrersitz saß, als Pieplow die Tür des Streifenwagens ins Schloss zog.

»Und wer ist diese Rieke Voss?«, fragte Kästner, während Pieplow das Auto rückwärts aus der Einfahrt manövrierte. »Wohl eine heimliche Flamme, wenn du so genau weißt, wo sie wohnt.«

Pieplow sagte nichts. Es gab Dinge, die musste man wie Naturgesetze hinnehmen, und dazu gehörten auch Kästners Don-Juan-Allüren. Wenn er nicht gerade selbst die Federn spreizte, entdeckte er prompt einen anderen auf der Balz, über den sich herziehen ließ. Liebend gern würde Kästner auch seinem Polizeiobermeister damit zusetzen, wäre der nicht, wie Kästner gern durchblicken ließ, ein Heimlichtuer und Langweiler. Anders konnte er sich nicht erklären, dass Pieplow bei dem Spitzenangebot an knackigen Frauen, die sich von Mai bis September auf der Insel tummelten, immer noch solo war. Zumal er gar nicht so übel aussah. Groß, blond, schlank, mit einem Frauenversteherblick in den blauen Augen, um den man ihn beneiden konnte.

»Rieke Voss wohnt im Schlesinger-Haus«, sagte Pieplow, während er den Streifenwagen aus der Rathauseinfahrt aufs Norderende Richtung Kloster lenkte.

»Das ist nicht dein Ernst.«

»Wenn ich's dir sage. Irgendwie haben die sich geeinigt und ihr das Haus überlassen.«

»Prost Mahlzeit«, stöhnte Kästner. »Ich will gar nicht wissen, wessen Knochen das sind, die da verscharrt wurden.«

Pieplow konzentrierte sich auf die Straße am Seedeich entlang. Für den vom Herbstwind blank gefegten, mattblauen Himmel hatte er keinen Blick und auch für das Leuchten der Früchte am Sanddorn und an den zerzausten Heckenrosen nicht. Während er ein paar Fahrradfahrern auswich, die mühsam gegen die Böen anstrampelten, tauchten in seinem Kopf Bilder von früheren Einsätzen am Mühlberg auf. Der letzte musste vier, fünf Jahre zurückliegen. Wegen Hausfriedensbruchs oder der Vollstreckung einer einstweiligen Verfügung oder sonst einer der Schikanen, mit denen sich der Schlesinger-Clan das Leben so schwer wie möglich gemacht hatte.

Das Haus lag versteckt am Ende einer der ungepflasterten Gassen, die noch kein »Privat«-Schild mit einem »Durchgang verboten!«-Kommando versperrte. Obwohl er wusste, dass er nur im Rückwärtsgang wieder herauskommen würde, bog Pieplow vom Mühlberg in den engen Zufahrtsweg ab. So fiel der Streifenwagen nicht gleich auf, und die Sache ließ sich vielleicht klären, bevor jemand neugierige Fragen stellen konnte.

»Mütze auf«, ordnete Kästner an. »Hier ist es schon immer ratsam gewesen, einen amtlichen Eindruck zu machen.«

Pieplow griff wortlos nach seiner Uniformmütze, obwohl er bezweifelte, dass ein an Krücken humpelnder Kästner durch die vorschriftsmäßige Kopfbedeckung an Autorität gewann.

Das breite Gartentor war ausgehängt und lehnte an der mannshohen Hainbuchenhecke. Tief in den weichen Boden eingegrabene Radspuren führten auf das Grundstück. Vor dem Haus stand ein Bagger mit halb erhobener, wie im Schreck erstarrter Schaufel. Die gespreizten Hände auf den Knien, beugte sich ein Mann in blauer Latzhose über das Ende eines schmalen Grabens zwischen Haus und Sickergrube. Wie auf frischer Tat ertappt fuhr er herum, als Kästner ihn ansprach. Ein gelbes Schild auf dem Latz seiner Arbeitshose stellte ihn als O. Henkel von HT Bau Bergen vor.

»Na endlich«, maulte er statt einer Begrüßung. »Sie ist mit dem Handy hinters Haus, weil der Empfang da angeblich besser ist. Wollte fragen, wo ihr bleibt.« Nach einem schnellen Blick Richtung Gartenweg schob er nach: »Kurz vorm Überschnappen. Völlig panisch. Als wär der Mörder grad' erst um die Ecke.«

»Vielleicht sagen Sie uns erstmal, was passiert ist«, forderte Pieplow ihn auf und ignorierte Henkels abfälliges Grinsen.

»Keine Ahnung, was passiert ist. Ich weiß nur, dass es aussieht, als hätt' ich jemand die Füße abgebaggert.« Er griff nach einem Stock, der oben auf dem Aushub lag, und stocherte damit in der Grabenwand dicht vor dem Fundament herum. Er legte zwei elfenbeinfarbene Stäbe frei, die sofort wieder unter der nachrutschenden Erde verschwanden.

»Und? Was sagen Sie? Das sind doch Menschenknochen! Arme oder Beine oder so.« Pieplow erkannte die Stimme und drehte sich um.

Es sah nicht so aus, als würde Rieke Voss gleich überschnappen, auch wenn ihre helle weite Leinenhose schwarze Knie hatte, und ihr das Haar in alle Richtungen vom Kopf abstand. Mit mehr Wut als Angst im Blick funkelte sie die Männer an, während sie sich mit einer zusammengefalteten Bauskizze Luft zufächelte. »Haben Sie die anderen auch gesehen?« Ihre Frage klang, als habe der kleine Bagger ein Massengrab freigelegt. »Hier, zum Beispiel. Oder das hier.«

Es hätten auch hell gewaschene Kiesel sein können, auf die sie zeigte. Eine Handvoll Kiesel und ein paar abgenagte Hühnerknochen. Aber als Pieplow näher herantrat, glaubte er zu wissen, was vor ihnen lag.

»Die langen sehen aus wie Mittelfußknochen«, sagte er zögernd. »Und die anderen sind vielleicht Zehenglieder.«

»Woher willst *du* denn das wissen?« In Kästners Stimme klang hämischer Zweifel.

Pieplow dachte keine Sekunde daran, ihm von dem Platz ganz links in der ersten Reihe eines Biologieraums zu erzählen. Von dem Skelett, das dort stand und nur selten mit beinernem Klappern bewegt wurde. Drei Jahre lang hatte Daniel Pieplow ihm auf die Füße gestarrt, während der Unterricht an ihm vorbeirauschte.

Mit einem großen Schritt stieg er über den niedrigen Erdwall hinweg und achtete genau darauf, wohin er trat. Mit dem rechten Fuß suchte er einen festen Halt, bevor er den linken auf die andere Seite des Grabens setzte. Er brauchte nicht lange im dunklen Boden zu tasten, bis er fand, wonach er suchte. Dreißig Zentimeter voneinander entfernt ragten Knochenpaare aus der Erde unter dem Haus. Schienbein und Wadenbein, vermutete Pieplow, innen porös, fast hohl, aber außen glatt und fest, mit splittriger Bruchkante dort, wo der Bagger die Füße abgetrennt hatte.

»Ruf die Kripo«, rief er Kästner zu und dem Baggerfahrer: »Für Sie ist erstmal Feierabend. Hier darf nichts mehr verändert werden, bevor das Gelände freigegeben wird.«

»Und was ist mit meinem Bagger?«

Gute Frage, dachte Pieplow und sah zu Kästner hinüber, der misslaunig »Bleibt erstmal hier« sagte, während er die Nummer des Kriminaldauerdienstes in Bergen wählte.

* * *

Das Gastspiel der Bergener war kurz.

Sogar an diesem späten Septembernachmittag klemmte Kommissar Sandy Böhm eine Pilotensonnenbrille im Haar. Er trug zu Designerjeans eine noble Lederjacke und begrüßte Pieplow, der ihn im Hafen erwartete, so jovial wie es sich gehört, wenn man sich nicht ausstehen kann.

»Der Chef ist zur Kur. Drei Wochen Bad Tölz«, kam er Pieplows Frage zuvor, dem der bedächtige Hauptkommissar Schöbel tausendmal lieber gewesen wäre als dieser Klugscheißer. »Ihr werdet also mit mir und dem Kollegen Malek vorliebnehmen müssen.«

Kopfnicken, Händeschütteln. Malek war in Ordnung, soweit Pieplow sich erinnerte. Einer von denen, die im Windschatten solcher Schaumschläger wie Böhm einfach nur ihre Arbeit taten und sich möglichst aus allem heraushielten.

Böhm sah sich um. »Wo ist der Wagen?«

»Oben am Fundort. Es sind nur ein paar Meter. Ich hielt es für besser, unnötiges Aufsehen zu vermeiden.« Das klang professionell und auf jeden Fall besser als: »Ich wollte für eine halbe Stunde meine Ruhe und denke außerdem gar nicht daran, für dich den Chauffeur zu spielen.«

»Also gut, gehen wir.« Böhm sah demonstrativ auf seine Armbanduhr, damit Pieplow begriff, wie kostbar die Zeit eines Kriminalpolizisten war.

Pieplow nutzte den Weg an *Hitthim* und *Dornbusch* vorbei den Mühlberg hinauf, um Bericht zu erstatten.

Böhm streute ein paar Floskeln ein. »Alles klar.« – »Na, wir werden sehen.« Malek stapfte schweigend nebenher.

Der Tote unter dem Schlesinger-Haus schien ihnen gleichgültig, eigentlich sogar lästig zu sein.

Dass Kästner mit der Frage begrüßt wurde, seit wann an einem Tatort Versehrtensport betrieben werde, mochte noch hingehen. Genauso wie der Rüffel, den sie dafür bekamen, dass sie den Baggerfahrer hatten nach Hause gehen lassen.

Doch als Böhm sich zu Rieke Voss umdrehte und mit einer desinteressierten Kopfbewegung Richtung Haus fragte: »Wann wurde das Ding denn gebaut?«, entging ihm, dass ihre Augen schmal wurden und rote Flecken ihren Hals hinauf bis hinter die Ohren stiegen.

»Weiß ich nicht.«

»Aber Sie sind die Eigentümerin?«

»Nicht allein.«

»Sondern?«

»Eine Erbengemeinschaft.«

»Habt ihr Namen und Adressen?« Das galt Kästner und Pieplow. Pieplow schüttelte den Kopf. Weil er noch nicht wusste, wie die Schlesinger-Erben hießen, und weil ihm zu dieser Art von Ermittlung auch sonst nichts einfiel.

»Kümmert euch darum. Bis morgen brauchen wir die vollständige Liste aller Eigentümer.« Er sah Malek über die Schulter auf dessen Notizblock und diktierte: »Grundbuchamt. Das machen wir. Staatsanwaltschaft sowieso. Spurensicherung und Gerichtsmedizin.« Er sah wieder auf die Uhr, warf einen Blick auf den Graben, an dessen Ende die hellen Knochenspitzen aus der Erde ragten, und verkündete: »Wer immer das ist, er liegt da nun schon so lange, dass von Gefahr im Verzug wohl keine Rede sein kann. Also können wir's in Ruhe angehen und uns den Aufstand mit Flutlicht und Nachtarbeit schenken. Ihr sichert das noch ab, damit sich heute Nacht nicht irgendwelche Spinner als Hobby-Archäologen betätigen. Morgen früh geht's dann los. Schätze mal, irgendwann zwischen sieben und zehn.«

Auf einen Wink von Böhm klappte Malek sein Notizbuch zu und verstaute es umständlich in der Brusttasche seines Parkas. Der Händedruck, mit dem er sich verabschiedete, war fest und kollegial.

Schade, dass der nichts zu sagen hat, dachte Pieplow, während er dem ungleichen Kriminalgespann nachblickte.

* * *

Pieplow nahm genauer in Augenschein, was Böhm *das Ding* genannt hatte. Ein Hiddenseer Sommerhaus, abseits der Hauptwege gelegen, in einem großen, dicht bewachsenen Garten zwischen Museum und Gutshof versteckt. Das Strohdach grau geworden durch Salzwind, Sonne und Regen, im scheckigen Putz an der Nordseite moosiges Grün. Es wurde Zeit, dass sich jemand des Häuschens annahm, Fenster und Türen lackierte und nachforschte, woher die Feuchtigkeit kam, die neben der

Haustür aufstieg. Die Plane, mit der Pieplow den Graben abgedeckt hatte, und das bis zum Tor gespannte Absperrband machten den Anblick noch trostloser.

Rieke Voss folgte seinem Blick. »Wir hatten uns gerade geeinigt«, sagte sie. Die Geste, mit der sie auf Haus und Garten wies, wirkte ratlos und erschöpft. »Neue Leitungen, Telefon, die Fassade streichen. Das hatten wir uns für dieses Jahr vorgenommen. Später irgendwann das Dach. Aber so … Ich kann das nicht. Ich muss hier weg, verstehen Sie? Sonst kriege ich einen Nervenzusammenbruch.«

Bloß nicht, dachte Pieplow und sagte vorsichtig: »Ich fürchte, das wird nicht gehen. Nicht, solange die Kripo noch Fragen hat.«

»Aber nicht in diesem Haus! Das kann niemand von mir verlangen.« Sie sah ihn streitlustig an.

»Nein, das nicht«, versicherte er hastig und war froh, dass es Ende September genügend freie Quartiere auf der Insel gab. Im Sommer wäre das ein größeres Problem gewesen.

»Wir versuchen es im *Inselblick*«, schlug Kästner vor. »Das ist nicht allzu weit entfernt, und Sie müssen nicht über *dem* da die Nacht verbringen.« Mit einer Kopfbewegung deutete er zur Plane.

2

Es hätte noch eine Weile dauern sollen. Zehn Jahre vielleicht, zwanzig allerhöchstens. Dann wären alle, die's etwas angeht, über hundert. Und auch wenn hier die Menschen sehr alt werden, wäre dann wohl kaum mehr jemand da, für den noch eine Bedeutung hätte, was damals geschehen ist.

Jetzt aber werden sie nachforschen. Fragen stellen. Herausfinden wollen, über wessen Leiche die Schlesingers siebzig Jahre lang ihre Sommerfrische verbracht haben.

Ich weiß nicht, ob es ihnen gelingen wird. Ob jemand sein Schweigen bricht. Aus purer Geschwätzigkeit oder um sich wichtig zu machen.

Sogar ich verspüre eine gewisse Versuchung, es zu tun. Denn je älter man wird, umso seltener werden die Gelegenheiten, im Mittelpunkt zu stehen. Es wäre um vieles spannender als der achtzigste oder neunzigste Geburtstag, mit so einer Geschichte aufzuwarten. Einer Geschichte von Liebe und Verrat, von Gewalt und Mord.

Ich werde es nicht tun.

Wir werden es nicht tun.

Was wir wissen, werden wir mit ins Grab nehmen und hoffen, dass dort, wo wir dann sind, Gnade vor Recht ergeht.

Doch was geschieht mit uns, jetzt, wo die Erinnerung wie ein ungebetener Gast durch die Tür tritt, die wir so lange fest verschlossen hielten? Wenn sie sich an unseren Tisch setzt und Bild um Bild präsentiert wie die Karten in einem düsteren Spiel?

Es gibt so vieles, wofür sich das Zurückblicken lohnt. Aber was nun hervordrängt, an die Oberfläche treibt wie ein Kadaver, hätte im Verborgenen bleiben sollen. Also verschließen wir unsere Augen, als sei, was geschehen ist, anderen widerfahren. Nicht uns. Und wir tun, als kämen wir sogar vor uns selbst mit diesem Betrug davon.

Vielleicht ist es doch an der Zeit, das zu ändern.

Ich weiß nicht, ob Friedrich genauso denkt. Wir haben nur ein paar Sätze gewechselt, seit er zurück ist. Was dabei gesprochen wurde, ist nicht der Rede wert. Hoch auf den Deich gehe ich schon lange nicht mehr. Das Treiben im Hafen bedeutet mir zu wenig, als dass ich mir die Mühe noch machte, und auf den Straßen begegne ich ihm nur selten. Aber ich weiß, dass er dort oben sitzt. Jeden Tag. Und ich müsste mich sehr irren, wenn er sich nicht genauso wie ich immer wieder dieselben Fragen stellt.

Zuerst die danach, wie alles begann.

Damit meine ich nicht, dass wir hier geboren sind, dass wir uns kennen, seit wir denken können, und alles zusammen gemacht haben, was damals zu einer Kindheit gehörte. Kühe und Gänse hüten, genauso wie Kiebitzeier und Bernstein sammeln. Baden und Verstecken spielen. Und natürlich zur Schule gehen, auch wenn uns die Zeit oft vergeudet schien. Besonders im Sommer, wenn es draußen so viel zu erleben gab, während wir sauber und brav in unseren Bänken sitzen mussten. Die Kleinen vorn, die Großen in den hinteren Reihen, die Mädchen links, die Jungen rechts des Gangs, über den Friedrich immer öfter zu Clara hinübersah. Auf ihren Nacken mit den feinen hellen Härchen, die noch zu kurz waren, als dass sie sich in die Zöpfe hineinflechten ließen.

Ich meine damit, dass alles ganz anders hätte kommen können, wenn Friedrich nicht seeverrückt gewesen wäre. Kapitän wollte er werden, Schiffer auf großer Fahrt, und nicht nur auf der Ostsee herumschippern. Der Atlantik sollte es sein, der Pazifik, der Indische Ozean.

Aber darüber war mit seiner Mutter nicht zu reden.

»Marachen kannst du auch hier«, sagte sie schroff, wenn er versuchte, sie umzustimmen. Friedrich wusste nur zu gut, was das bedeutete. Wenn er nicht Schuster oder Kolonialwarenhändler wurde, wie sie es sich vorstellte, dann sollte er eben als Fischer schuften.

Dass ausgerechnet ihr Schwager, der Mann ihrer Schwester, es war, der ihrem Ältesten diese Flausen in den Kopf setzte, machte sie zornig.

»Ach was, Atlantik, Pazifik. Die Ostsee reicht hin. Hör auf mit deinen Abenteuergeschichten, du bringst uns den Jungen nur durcheinander«, fiel sie ihm ins Wort, wenn die Männer bei Kaffee und Schnaps am Tisch saßen und er seine Geschichten erzählte. Von brüllender See und haushohen Brechern, die tonnenschwer über Deck krachten. Von Seeungeheuern im Sargassomeer und toten Pferden unter den Rossbreiten. Westindien, Brasilien, Australien. Und immer wieder Kap Hoorn, das er als junger Mann umsegelt hatte.

»Da wird man ein anderer Mensch, und eine Mutter kann stolz sein auf einen Sohn, der Kap Hoorner ist.« Der Kapitänsschwager sah sie bedeutungsvoll an und kippte seinen Schnaps.

»Wenn er zum Stolzsein noch da ist und nicht irgendwo zwischen Westindien und Brasilien verschollen oder am Fieber gestorben.« Friedrichs Mutter rumpelte und schepperte dann mit dem Geschirr, als legte sie es darauf an, dass etwas zu Bruch ging. Nie würde sie ihre Zustimmung geben.

Ganz jämmerlich war Friedrich zumute, wenn er daran dachte, dass er womöglich sein ganzes Leben damit zubringen musste, Sommergästen Waren über den Ladentisch zu reichen. Waren, die andere, Glücklichere, aus Ländern hierherbrachten, die er niemals sehen würde.

Aber dann meldete sich sein Vater zu Wort.

»Es sind viele auf See«, sagte er ruhig und sah Friedrich lange an. »Denen hat die Ostsee nicht gereicht. Nachts raus und tags wieder zurück und im Winter an Land, das ist eben nichts für sie. Die brauchen die große Fahrt, das ganze Jahr und um die ganze Welt. Und wenn Friedrich so einer ist, dann soll er wohl gehen dürfen.«

»Du bist nicht gescheit, Mann! Als wenn er hier nicht sein Tun hat. Die Fischerei, der Hof, und wenn aus dem Stall …«

Aber der Vater fiel ihr ins Wort, bevor sie ihren Plan mit den Fremdenzimmern im Stall ins Feld führen konnte.

»Das ist Frauenarbeit«, sagte er aufgebracht und sog so heftig an seiner Pfeife, dass der Tabak glühte. »Und wenn Friedrich zur See will, dann soll er das in Gottes Namen tun. Meinen Segen hat er.« Damit war es beschlossen. Ein paar Monate Schule noch und die Konfirmation und dann auf große Fahrt. Das ganze Jahr und um die ganze Welt.

Die Seekiste gab es vom Onkel. Schwer und wasserdicht, damit überkommende See ihr nichts anhaben konnte, stand sie tagelang fertig gepackt in der Diele. Daneben der Seesack mit Ölzeug und Stiefeln, in denen Friedrich den Seemannsgang übte und sich gebärdete, als habe er Kap Hoorn schon hinter sich.

Dabei sollte es nur mit der *Regina Witt* von Stralsund nach Riga gehen, und seine Abenteuer würden aus Putzen und Schrubben bestehen, bis sich die Haut von den Fingern löste. In die finstersten Winkel der *Regina* würde er kriechen müssen, den Rost von den Wänden klopfen und sie neu streichen, bis er wie dun war vom Gestank und vom ewigen Rollen und Schlingern des Schiffs.

Anfang April war es so weit. Wir standen am Bollwerk, Clara, Lissi und ich, und winkten ihm nach, bis das Segel nur noch ein heller Punkt auf dem Bodden war.

3

Im *Inselblick* war die Welt noch in Ordnung. Warmes Licht, gutes Essen, am großen Tisch rechts von der Theke ausgelassene Urlauber.

»Wie geht's dem Polizeifuß, Pieplow?« Der Wirt zapfte ein halbes Dutzend Biere gleichzeitig und hatte gute Laune.

»Ganz gut, glaube ich. In zwei Wochen kommt der Verband weg, dann ist er wieder voll einsatzfähig.« Pieplow war froh, dass es nicht sein Fuß und seine Italienreise waren, die für allgemeine Heiterkeit sorgten.

»Erst wochenlang ›O sole mio‹ und die ›Caprifischer‹ pfeifen und sich dann am Strand die Knochen brechen. Hätt' er hier auch haben können«, feixten die Hiddenseer. »Am Toten Kerl liegen doch Steine genug, und Ischias kriegste im Winter umsonst.«

Dass die heiße Quelle am Strand von Ischia, über die Kästner mit so unglücklichem Ausgang hinweggesprungen war, in seinen Schilderungen einem Vulkanausbruch immer ähnlicher wurde, gab dem Spott nur zusätzliche Nahrung.

Pieplow hielt sich da raus. Ihm genügte, dass Schluss war mit den Caprifischern.

»Und sonst? Gibt's was Neues?«

Wieder einmal konnte Pieplow feststellen, dass die Buschtrommeln funktionierten. Im Herbst und Winter sogar noch besser als im Sommer, wenn jeder alle Hände voll zu tun und kaum Zeit für Tratsch hatte. Das Beiläufige der Frage wusste er zu schätzen, obwohl sicher die Vermutungen schon hoch ins Kraut geschossen waren. Der Streifenwagen vor dem Schlesinger-Haus, zwei Stunden später auffallend zivile Polizisten und ein Wachtmeister, der mit allerhand Gerät hantierte, um ein Baggerloch abzudecken. Der eine sah dies, der andere jenes, und zusammen versuchte man, sich einen Reim darauf zu machen.

»Ich kann noch nicht darüber reden, Franz. Vielleicht wissen wir morgen mehr.«

»Na klar.« Franz nickte verständnisvoll. Er seinerseits würde es auch zu schätzen wissen, dass die Polizei schwieg, falls er, was der Himmel verhüten möge, mit ihr zu tun hatte.

Pieplow bestellte ein Bier und wandte sich nach links, wo, möglichst weit weg von der lärmenden Runde, Rieke Voss vor einem Glas Wein saß. Sie hatte sich zurechtgemacht, stellte er fest. Die Haare gekämmt, sich geschminkt. Einen Hauch Graublau auf den Augenlidern, viel kräftiges Rot auf den Lippen. Eine Frau Ende fünfzig, vielleicht sogar Anfang sechzig, an der alles sehr modern wirkte. Das kurze dunkle Haar, der schwarze Pullover mit dem asymmetrischen Schnitt und den breiten Ärmelaufschlägen. Der auffällige Schmuck. Große

Ohrclips, breite, schlichte Ringe an Händen, die nicht aussahen, als hätten sie jemals schwere Arbeit getan. Sie war ihm sympathisch, aber seiner Meinung nach überhaupt nicht der Typ, der ein Sommerhaus modernisierte oder es im Winter alleine auf der Insel aushielt.

»Geht's besser?«, fragte er und nahm ihr gegenüber Platz.

Sie nickte. »Viel besser. Mein Zimmer ist schön. Gemütlich und wohl auch hell, wenn morgen früh die Sonne aufgeht. Das wird gut für die Seele sein. Und bis dahin hilft gegen die Albträume hoffentlich dies hier.« Sie hob ihr Glas, stellte es wieder ab, ohne zu trinken, überlegte es sich dann anders und setzte es zu einem großen Schluck an.

Pieplow hatte so eine Vermutung, dass es nicht das erste Glas war, mit dem sie mögliche Albträume in Schach halten wollte.

Er sah, wie sie sich mit einem kleinen Ruck aufrecht hinsetzte, ganz so, als habe sie beschlossen, sich zusammenzunehmen und zu tun, was getan werden musste.

»Sie wollen mir sicher ein paar Fragen stellen. Also fangen Sie an«, sagte sie und klang dabei ein wenig theatralisch.

Es konnte nicht schaden, das Wichtigste aufzuschreiben. Name, Vorname, Beruf, Geburts- und Wohnort. Ganz amtlich. Pieplow zückte seinen Block, auch wenn er nicht wusste, ob sich irgendjemand für das interessieren würde, was er zu berichten hatte.

Dass sie einundsechzig war, erfuhr er, in Oldenburg

geboren und nie verheiratet. Dass sie seit vierzig Jahren in Hamburg lebte. Allein. Dass Hiddensee der Ort war, an den sie sich träumte, wenn alles zu viel und zu laut wurde. Die Arbeit, die Menschen, die Stadt.

»Deswegen habe ich noch einmal versucht, alle Schlesingers unter einen Hut zu bekommen. Meine Brüder, die Cousins und Cousinen. Alle haben Sechstel oder Neuntel oder Zwölftel geerbt, und am Ende gehörte es niemand. Kümmern will sich keiner, aber hergeben auch nicht. Sie sehen ja, was dabei herauskommt.«

Pieplow nickte. Ein trauriges, beschädigtes Haus, dem ein wenig Vernunft gutgetan hätte.

Wann es gebaut wurde, fragte er mehr der Vollständigkeit halber. Verdutzt nahm er zur Kenntnis, dass sie ohne zu zögern »1939« sagte. »Im Sommer vor Kriegsbeginn ist es fertig geworden, das weiß ich genau.« Sie äußerte dies mit der gleichen Entschiedenheit, mit der sie wenige Stunden zuvor behauptet hatte, nichts über die Bauzeit zu wissen. »Und umgebaut wurde es auch nie, das zeigen die Pläne. Es sei denn, man hat es genauso wieder hergerichtet, wie es vorher war. Aber wer macht denn so was?«

Gute Frage, dachte Pieplow, obwohl ihn weit mehr interessiert hätte, wer, mit oder ohne Umbau, eine Leiche ins Fundament zementiert hatte.

* * *

Vor Sonnenaufgang zeigte das Thermometer am Küchenfenster keine zehn Grad, aber das herdfeuerrote Glühen über dem Horizont kündigte einen warmen, fast windstillen Tag an.

Pieplow trödelte herum, das Telefon immer in Hörweite, für den Fall, dass Böhm ihn an den Hafen oder sonstwohin zitieren wollte.

Er könnte Kästner abholen, überlegte er, und ihn im Dienstzimmer absetzen. Schreibkram gab es genug, und es machte sich immer gut, wenn die Polizei für die Bürger erreichbar war. Dagegen sprach, dass er für die fünfzehn Kilometer von Kloster nach Neuendorf und zurück zwanzig Minuten brauchte und dabei riskierte, Böhm warten zu lassen.

Kein guter Start für die Zusammenarbeit, vermutete er, legte den Autoschlüssel zurück auf den Tisch und beschloss, sich den dritten Kaffee des Morgens zu brühen. Während er auf das Brodeln des Wasserkochers wartete, sah er aus dem Fenster. Die ersten Sonnenstrahlen ließen Spinnweben aufglitzern, die sich wie weiche silbrige Nester im knöchelhohen Gras ausbreiten konnten, weil Pieplow das Rasenmähen wieder und wieder vertagte.

Altweibersommer.

Pieplow mochte das Wort und fand nicht einmal, dass es uncharmant klang. Eher märchenhaft weise. Schön für eine Jahreszeit, die mit den Silbergespinsten genauso verschwenderisch war wie mit der Wärme, in der der Zauber wieder verschwand.

Mit dem Kaffeebecher in der Hand trat er hinaus in

seinen Garten. Genaugenommen konnte bei zwanzig Quadratmetern ungemähter Wiese mit ein paar unverwüstlichen Grasnelken von Garten eigentlich keine Rede sein, aber es reichte für Liegestuhl und Sonnenschirm, und größere Ansprüche stellte Pieplow nicht. Sein erstes Dienstjahr hatte er möbliert gewohnt und die Hoffnung auf eine bezahlbare Wohnung fast aufgegeben, als Benzlau eines Tages in der Dienststelle erschienen war und wissen wollte, welcher der beiden Herren der Wohnungssuchende sei.

»Ich«, hatte Pieplow geantwortet und sich gefragt, was einen exaltierten Herrn mit Zigarillo und Panamahut die Wohnungssuche des Inselpolizisten anging.

»Wunderbar!« Der Panamamann streckte seine Hand über den Schreibtisch. »Benzlau, Friedemann Benzlau, sagt Ihnen das was?«

»Doch, ja.« Pieplow nickte zögernd.

Das also war Benzlau. Filmproduzent und Erbe der *Seemöwe*, an der das ganze Frühjahr gebaut worden war. Es musste eine schöne Stange Geld gekostet haben, aus dem volkseigenen Ferienobjekt wieder eine Sommervilla zu machen.

»Wunderbar!«, rief Benzlau ein zweites Mal. »Vielleicht können wir ins Geschäft kommen.«

Pieplow schwieg abwartend. Für eine Statistenrolle als wohnungsuchender Polizist oder ähnliche Albernheiten würde er sich nicht hergeben.

Während Benzlau umständlich auf dem Besucherstuhl Platz nahm, taxierte er Pieplow. Das Ergebnis schien günstig auszufallen. »Ich dachte an eine Art Security-Deal. Sie bekommen eine Wohnung, nicht besonders groß, geb ich zu, aber günstig, und ich die Sicherheit, dass mir niemand die Bude ausräumt, wenn ich nicht hier bin.«

Kästner und Pieplow wechselten einen kurzen Blick.

Einerseits musste dem Mann erklärt werden, dass hier niemand Buden ausräumte und deswegen ein Sicherheitsdienst nur eine großstädtische Schnapsidee sein konnte. Andererseits brauchte Pieplow eine Wohnung und hatte nichts dagegen, durch seine bloße Anwesenheit Benzlau die Sorge um sein Sommerhaus zu nehmen, in dem es neben dem herrschaftlichen Teil mit Veranda und Balkon auch eine Dienstbotenwohnung gab. Für Chauffeur, Haustochter, Kindermädchen. Was man damals eben so brauchte an Personal, wie Benzlau erklärte.

Pieplow fiel dazu keine passende Entgegnung ein, und er behielt seine Verwunderung über das, was Benzlaus Großeltern damals eben so brauchten, für sich. Einen Chauffeur in der Sommerfrische. Ausgerechnet auf Hiddensee.

Seit mehr als zwölf Jahren funktionierte der Deal nun schon bestens. Sie hatten sich aneinander gewöhnt, der Filmemacher und der Polizist. Obwohl es nebenan manchmal so laut und überkandidelt zuging, dass Pieplow drei Kreuze machte, wenn es wieder still wurde im herrschaftlichen Teil der *Seemöwe*.

* * *

»Das war's wohl mit der Spätsommerstille«, dachte er, als eine Stunde später in den Schlesinger-Garten einfiel, was Böhm mobilisiert hatte.

Spurensicherung, Gerichtsmedizin. Eine kleine, blasse Staatsanwältin in Pumps und einem flohbraunen Glencheck-Kostüm, für das sie zu jung war. Frauen und Männer in blauen Overalls mit breitem Polizei-Aufdruck auf dem Rücken, die Gerätschaften und Maschinen heranschleppten. Ein Zelt, das sich vor der Hauswand über Graben und Aushub spannte. Weiß verpackte Figuren, die sich mit Handschaufel und Sieb in der krümeligen Erde zu schaffen machten. Etwas abseits Malek, der sich bei einem übellaunigen, einsilbigen Kästner nach was auch immer erkundigte und sich Notizen machte.

»Aber Sie können doch nicht … Moment mal! … Aber dürfen Sie denn …« Rieke Voss hetzte wie ein panisches Huhn durch den Garten, bis Böhm sie beiseitezog.

Sie dürften sehr wohl, erklärte er. Eine Zustimmung der Eigentümer sei nicht nötig, denn es sehe alles doch sehr nach einem Verbrechen aus. Da müsste nun mal das Notwendige getan werden, und das sei in diesem Fall zuerst einmal die Bergung des Toten. »Am besten, Sie gehen zurück in Ihre Pension. Wir werden Sie auf dem Laufenden halten, aber jetzt müssen wir ungestört arbeiten können. Wenn sich etwas Neues ergibt, melden wir uns bei Ihnen.«

»Das übernehmen Sie, Pieplow«, ordnete er an, sobald Rieke Voss außer Hörweite war. »Ich hab keinen Nerv für hysterische Weiber.«

Na klar, dachte Pieplow vergnatzt, aber mir werden sie aufs Auge gedrückt wie alles andere auch, wozu die Herren Kriminalisten keine Lust haben. Bevor der Dorfpolizist dumm in der Gegend herumsteht, kann er sich ja mit Botengängen und Kaffeekochen nützlich machen. Oder eben mit der Besänftigung hysterischer Weiber.

Er wünschte sich seinen Inselalltag zurück, in dem es um Ruhestörung und verbotene Lagerfeuer oder um geklaute Räder und verlorene Geldbörsen ging, und er von niemand, nicht einmal von Kästner, in der Gegend herumkommandiert wurde.

Von Pieplows Wut bekamen die Neugierigen nichts mit, die sich am Tor in der Hainbuchenhecke drängelten. Sie rangelten um die besten Plätze, reckten die Hälse und knipsten mit allem, womit sich fotografieren ließ. Schwere schwarze Objektive zielten auf Haus, Zelt und Graben. Zigarettenschachtelgroße Digitalkameras und jede Menge Mobiltelefone richteten sich auf Spurensicherer und Polizisten. Mochte der Kuckuck wissen, was den Leuten das Foto eines Polizeiobermeisters brachte, der mit verdrießlichem Gesicht, die Arme vor der Brust verschränkt, am Rande des Getümmels stand.

Mittendrin wuselte ein kleiner drahtiger Mann in senfgelbem Cordanzug hin und her. Ein weißer Haarkranz stand ihm wie elektrisiert vom Kopf ab, und als er sich umwandte, wusste Pieplow, an wen ihn der Mann erinnerte, dessen Stimme im Trubel unterging. Einstein. Unter buschigen Brauen braune Augen, die überall zugleich zu sein schienen. Ein graumelierter Schnauzer. Obwohl die Tabakspfeife fehlte, war die Ähnlichkeit so frappierend, dass es Pieplow nicht überraschte, als jemand aus dem Graben heraus »Herr Professor?« rief und der Weißhaarige sich sofort dorthin umdrehte.

»Sieht aus wie Einstein, oder?« Pieplow blickte zur Seite und entdeckte in Maleks Gesicht die Spur eines Lächelns. »Heißt aber Dahlke. Professor Dahlke, Gerichtsmedizin Greifswald. Wenn es stimmt, was man sich über ihn erzählt, sagt er uns in einer Woche, was der Tote zuletzt gedacht hat.«

Dazu musste der Professor an das Skelett heran, und wie er das bewerkstelligen wollte, trug er in einer improvisierten Besprechung rund um den altersschwachen Gartentisch neben dem Haus vor. Die Klappstühle reichten gerade für die höheren Dienstgrade. Für Kästner wurde ein Küchenhocker herangeschleppt, Malek und Pieplow mussten stehen.

»Ist es nicht herrlich hier?« Der Professor hob die ausgebreiteten Arme in die milde Septemberluft. »Dieser Himmel! Dieses Licht! Ein Jammer, dass wir arbeiten müssen!«

Pieplow und Malek erwiderten das Lächeln, mit dem Professor Dahlke in die Runde sah.

Staatsanwältin Sander-Einberg verzog keine Miene. Böhm trommelte mit den Fingerkuppen auf den schorfigen Lack des Gartentisches.

»Mit welchen Erkenntnissen rechnen Sie, Herr Professor?« Frau Sander-Einberg sprach so altmodisch wie sie aussah. »Es wird sicher schwierig, nach so langer Zeit noch ein Verbrechen nachzuweisen.«

Es war, als habe es nur diese Stichworte gebraucht, um den Professor aufblühen zu lassen.

Mit rosigen Wangen, den elektrisierten Haarkranz von der Herbstsonne beschienen, stürzte er sich in sein Element. »Als Gerichtsmediziner rechnen wir immer mit allem, meine Liebe! Man weiß schließlich nie, was man findet, wenn man zu suchen beginnt. Aber wenn wir es hier tatsächlich mit einem sechzig, siebzig Jahre alten Skelett zu tun haben sollten, dürfte es kein Problem sein, zu Erkenntnissen zu kommen, über die der Laie oft staunt. Denn Knochen vergessen nicht, verstehen Sie? Sie sagen nach Jahrhunderten, ach was, Jahrtausenden noch aus, wenn wir sie nur gründlich genug befragen.«

Böhm trommelte heftiger.

Sander-Einberg schob ihren braunen Kostümärmel über ihre Armbanduhr zurück. Forensische Freiluftvorlesungen sah ihr Dienstplan nicht vor. »Im vorliegenden Fall …«

»Gewiss, ja, der vorliegende Fall. Was lässt sich dazu bereits sagen?« Der Professor machte Grübelfalten, legte beide Hände flach auf den Tisch und streckte die Arme durch. »Es handelt sich bei unserem Fund um menschliche Knochen, daran besteht kein Zweifel. Auch daran nicht, dass wenigstens noch Teile zweier parallel angeordneter Beine vorhanden sind, zu deren Bruchkanten diese Stücke hier passen.« Sorgfältig suchte er zwischen den Asservatentüten, die vor ihm lagen, nach der richtigen und hielt sie hoch, als müsse er seine Behauptung beweisen. »Außenknöchel rechts und ein Stück Wadenbein, wenn ich schätzen sollte, keine hundert Jahre alt. Aber ich schätze nicht, denn das wäre unwissenschaftlich. Wie viel sich sonst noch unter dem Fundament verbirgt, werden wir erst wissen, wenn wir es abgetragen haben.«

»Das Fundament abtragen?«, fragte Böhm, als sei er begriffsstutzig.

»Genau. Wir werden es Schicht für Schicht entfernen und dabei äußerst vorsichtig vorgehen müssen. Nicht, dass wir am Ende noch das Schädeldach oder die oberen Extremitäten verletzen, falls sie höher liegen als die Füße. Mit etwas Glück können wir so das gesamte Skelett freilegen, ohne seine Lage zu verändern oder Beweismaterial zu beschädigen. Wie es aussieht, trennt eine Erdschicht das Skelett vom Beton. Wenn das überall so ist, stehen die Chancen gut, dass wir alles dort vorfinden, wo es sich zur Zeit der Ablage befand. Knochen, Knöpfe, Gürtelschnallen, vielleicht sogar Stoffreste. Den Inhalt der Taschen möglicherweise auch. Münzen, Messer und was der Tote sonst noch an Durablem bei sich hatte.«

»Das Haus ist jedenfalls hin, wenn wir fertig sind«, stellte Böhm lakonisch fest. Wie auf Kommando sahen alle hinüber zu den Männern der Spurensicherung, deren Werkzeug bereitlag. Auf einer festen Plane aufgereiht und nach Größen sortiert.

»So schlimm wird es wohl nicht werden. Ein Teil der Außenwand muss weg, gewiss. Das Bad auch und die Treppe nach oben. Aber die Diele brauchen wir nur zur Hälfte, es sei denn, da unten liegt ein Zwei-Meter-fünfzig-Mann. Also bleiben Küche und Stube unversehrt. Das ist doch was, oder?« Der Professor strahlte vor Zuversicht und Optimismus. Und Pieplow dachte mit viel Unbehagen darüber nach, wie er all dies Rieke Voss möglichst schonend beibringen sollte.

»Wer bezahlt eigentlich den Schaden, den wir hier anrichten?«, fragte er Malek, der noch immer neben ihm stand, während Böhm die Staatsanwältin verabschiedete und der Professor die Südwand des Schlesinger-Hauses zum Abbruch vorbereiten ließ.

»Der Staat, wer denn sonst«, sagte Malek gleichgültig. »Wer die Musik bestellt, bezahlt sie auch.«

* * *

Entweder stand der hysterische Ausbruch noch bevor, oder Böhm hatte sich in Rieke Voss getäuscht. Ihr zog zwar eine fleckige Röte den Hals hinauf, und sie fächelte sich, diesmal mit einer Postkarte, hektisch Luft zu, aber sie bewahrte die Fassung.

»Das ist jetzt nicht Ihr Ernst, oder?« Dass ihr Mund pelzig trocken war, konnte Pieplow hören und auch ein leichtes Zittern in ihrer Stimme, aber ihr Blick war eher empört als verzweifelt. »Das Bad weg? Grundgütiger! Und wieso die Treppe? Das soll wohl ein Witz sein. Ihr wollt mir das halbe Haus abreißen, um diese

Leiche aus dem Keller zu holen? Und wie lange soll das dauern?«

Wie eine Salve feuerte sie ihre Fragen auf Pieplow ab und wurde dabei immer lauter. Die roten Flecken breiteten sich vom Hals bis auf die Wangen aus, ihre Ohren schienen violett zu glühen.

»Es ist nicht zu fassen! Da vertuscht jemand, der inzwischen längst das Zeitliche gesegnet hat oder mindestens so alt ist wie Methusalem, einen Mord, verscharrt sein Opfer in unserem Garten, und ihr macht daraus eine Art archäologisches Meisterstück. Ich bin gespannt, was als Nächstes kommt. Ich schätze, es wird ein Verdacht gegen die Schlesingers sein, aber da habt ihr Pech gehabt. Denn dafür ist es zu spät, weil nämlich alle möglichen Verdächtigen tot sind!«

»Es steht noch gar nicht fest, dass es ein Mord war«, wandte Pieplow ein. »Solange die Gerichtsmedizin nicht einmal sagen kann, ob ein Mann oder eine Frau unter Ihrem Haus liegt, ist alles andere noch Spekulation.«

»Ach was«, sagte sie und machte eine wegwerfende Handbewegung. »Hören Sie doch auf, mir diesen Unsinn zu servieren. Mir ist ja klar, dass Sie sich zurückhalten müssen. Wahrscheinlich dürfen Sie nicht mal das sagen, was Sie wissen. Aber meiner Phantasie sind keine Grenzen gesetzt. *Ich* kann spekulieren, so lange es mir passt. Man braucht doch nur eins und eins zusammenzuzählen und weiß Bescheid: Es wird für ein Haus ausgeschachtet, nicht tief, denn es soll keinen Keller haben, nur gerade so viel, wie man braucht für ein solides Fundament. Aber auch dafür wird eine Menge Erde bewegt, ausgehoben, wieder aufgeschüttet, planiert und festgestampft. Wenn der Tote schon dort verbuddelt gewesen wäre, hätte man ihn bei diesen Arbeiten garantiert gefunden. Also, was folgt daraus? Im Frühjahr '39 wird jemand ermordet. Erschlagen, erschossen, erwürgt – egal wie. Die Baugrube bietet sich als Grab an. Erstens, weil sich in dem aufgelockerten Boden schnell eins schaufeln lässt, und zweitens, weil ein Fundament eine solide Grabplatte ist, besonders wenn oben drauf noch ein ganzes Sommerhaus steht.« Sie lehnte sich mit einem Ausdruck schrulliger Zufriedenheit zurück und setzte noch triumphierend hinzu: »So war's, wetten?«

»Ich weiß nicht«, gab Pieplow ausweichend zurück. »Es ist nicht das erste Mal, dass auf Hiddensee Knochen gefunden wurden. Einmal sogar mehrere Gerippe gleichzeitig. Aber immer haben sich Erklärungen finden lassen, die nichts, aber auch wirklich gar nichts mit einem Verbrechen zu tun hatten.«

»Sondern?«

»Sondern damit, dass es bis dahin unbekannte Grabstätten waren oder dass ein aufgegebener Friedhof vom Meer freigespült wurde.«

»Die sind dann aber älter als die geschätzten hundert Jahre gewesen.« Rieke Voss war von ihrer Mord-Theorie nicht abzubringen.

Sie saßen auf der Terrasse des *Inselblick*, ganz außen unter dem Flieder. Während Pieplows Bericht von den Hypothesen und Plänen des Professors hatten die anderen Gäste möglichst unauffällig gelauscht, inzwischen hörten einige ungeniert zu.

Pieplow schwankte zwischen Erleichterung darüber, dass Rieke Voss nicht hysterisch geworden oder in Ohnmacht gefallen war, und einem sehr mulmigen Gefühl angesichts ihres Eifers. Böhm würde alles andere als begeistert sein, wenn sie sich wie Miss Marple als Kriminalistin betätigte, weil das viel aufregender war, als stricken oder Kreuzworträtsel lösen.

Der Wirt kam ungerufen, stellte zwei Gläser hin und füllte sie bis über den Eichstrich. »Sanddornschnaps«, sagte er fürsorglich. »Ist gut für die Nerven.«

Pieplow sah zu, wie Rieke Voss ihr Glas leerte und es mit einem Seufzer zurück auf den Tisch stellte. Er hoffte inständig, dass Sanddorn sich bei Nervenaufruhr ebenso bewährte wie bei Erkältung. »Wenn Sie möchten …« Er schob sein Glas zu ihr hinüber.

»Verstehe«, sagte sie, »Dienst ist Dienst und Schnaps ist Schnaps«, und prostete ihm mit einem kleinen, kurzen Lächeln zu.

»Wissen Sie, die Schlesingers sind alles andere als eine Bilderbuchfamilie.« Es beruhigte Pieplow, dass sie nur noch halb so laut sprach. »Man kann ohne Übertreibung sagen, dass jeder mit jedem über Kreuz liegt und keiner eine Gemeinheit auslässt, wenn er sich einen Vorteil davon verspricht. Ich weiß, wovon ich rede, glauben Sie mir. Aber genau deswegen bin ich mir absolut sicher, dass kein Schlesinger auch nur den Schimmer einer Ahnung von diesem Mord hat.«

Pieplow, der es gern harmonisch hatte, fand einen tückischen Kriegerverein wie die Schlesingers fürchterlich. Ein Wunder, dass nach all den Scharmützeln nicht noch mehr Tote unter dem Fundament lagen.

»Aber es ist nun mal das Schlesinger-Haus, und dass sich alle Familienmitglieder spinnefeind sind, klingt auch nicht gerade entlastend«, gab er zu bedenken.

»Eben doch! Verstehen Sie nicht? Wenn ein Schlesinger damit zu tun gehabt hätte, und die anderen hätten davon gewusst, wäre das doch die beste Munition gewesen. Man hätte ihn verdächtigen, verleumden, vielleicht sogar erpressen können. Bei Erbstreitigkeiten wäre so was nicht mit Geld zu bezahlen. Aber wie gesagt, von denen, die's betrifft, ist keiner mehr am Leben.«

»Vielleicht genügt Herrn Böhm das ja schon, und die Sache hat sich damit erledigt«, sagte Pieplow und erhob sich. Er hatte seine Aufgabe erfüllt, alles andere war Sache der Kripo.

»Sie meinen fürs Protokoll? Ich denke gar nicht daran! Offiziell weiß ich nur, dass niemand mehr lebt, der als Zeuge in Frage käme. Alles andere ist meine Privatangelegenheit, und wenn ich Ihnen davon erzählt habe, können Sie das als Vertrauensbeweis betrachten oder meinetwegen auch als Anfall von Geschwätzigkeit, das ist mir egal.«

* * *

Es war nach zehn, als Pieplow in seine Wohnung kam. Nach dem Trubel des Tages fiel ihm auf, wie still es in seinen vier Wänden war. Er öffnete die Tür zum Garten, damit er das gleichmäßige Rollen der Brandung hören konnte, und ließ sich erschöpft in den Sessel am Fenster fallen. Saß da, drehte sein Bierglas in den Händen, füllte es auf, trank, schenkte wieder ein und dachte über weibliche Logik nach.

Frauen blieben ihm rätselhaft. Vielleicht waren deswegen seine Versuche gescheitert, mit einer von ihnen zusammenzuleben. Über ein paar aufregende Wochen war es bisher nur einmal hinausgegangen, und am Ende schien es ihm wie Aufatmen, als er wieder alleine war. Besser so, dachte er, als eine Frau, die einem die Luft abschnürt wie ein zu enger Uniformkragen. Oder sein Herz an eine zu hängen, die ihm dann ein anderer wegschnappte. Einer, der smarter war oder mehr zu bieten hatte. Wahrscheinlich sogar beides. Seitdem ignorierte er Anfälle von Einsamkeit nach Kräften und hatte sich sogar ein wenig mit Kästners Philosophie angefreundet: »Weiber! Entweder sie hängen dir dauernd auf der Pelle und lassen dich am liebsten keinen Schritt mehr alleine tun, oder sie interessieren sich nicht die Bohne für das, was du willst, und sind bei der erstbesten Gelegenheit auf und davon.« Für Kästner verstand sich von selbst, dass nur ein Frauenkenner wie er noch eines der letzten Exemplare einer aussterbenden Spezies hatte erobern können. Andrea Kästner war eine patente Frau, etwas spröde vielleicht, aber nett und für den Polterer Kästner genau die Richtige.

Pieplow seufzte, weil er sich eingestehen musste, dass er gegen die Richtige für sich selbst auch nichts einzuwenden hätte, auch wenn er sich redlich bemühte, darüber nicht weiter nachzudenken.

Er stand auf, schloss die Terrassentür und gönnte sich noch eine Flasche Bier für die richtige Bettschwere.

4

Das schrille Kreischen passte nicht zu einem Morgen wie diesem. Fast windstill war es, die Septembersonne war durch den Frühdunst gedrungen und strahlte mit milder Wärme, und in der Seeluft mischten sich Herbstgerüche.

Der Mann mit der Steinfräse hielt inne, prüfte, wie weit er im weichen Putz vorgedrungen war, und setzte neu an. Er folgte exakt den Linien, die ein torgroßes Rechteck auf der Wand markierten. Dabei turnte er auf einem niedrigen Gerüst herum, das wie ein Podest über dem Graben aufragte. Was vom Toten zu sehen gewesen war, verbarg eine stabile Konstruktion aus Balken und Planen, die verhinderte, dass der Abbruch das Skelett beschädigte.

Im Haus warteten die Holztreppe und ausgehängte Türen auf den Transport nach draußen. Danach, etwa am frühen Nachmittag, schätzte die Spurensicherung, konnte der Fußboden im Haus entfernt werden.

»Ein Aufriss ist das«, schnaubte Kästner, »als wenn's um wer weiß was ginge. Hätte sich der Kerl nicht irgendwo auf freier Fläche verscharren lassen können?«

»Wenn es ein Kerl war«, gab Pieplow zu bedenken.

Aber Kästner hatte sich so seine Gedanken gemacht und war zu einem Ergebnis gekommen, das er einleuchtend fand. »Es war ein Mann, glaub mir. Frauen werden vermisst, wenn sie umgebracht werden, Männer nicht.«

»Was ist das denn für ein Quatsch?«

»Das ist kein Quatsch, Pieplow, das ist Lebenserfahrung. Auf Hiddensee machen die Leute Urlaub, stimmt's?«

Überflüssig darauf zu antworten.

»Na, bitte. Und vor siebzig Jahren fuhr eine Frau nicht allein in Urlaub, wenigstens keine anständige. Sie hatte ihren Mann dabei oder wenigstens eine Freundin. Mit anderen Worten, jemanden der sie vermisst hätte.«

»Es sei denn, ihr Mann hat sie umgebracht, weil sie eben keine anständige Frau war, hat sie unter Schlesingers Haus verschwinden lassen und ist zufrieden seiner Wege gegangen. Aber vielleicht schließt *er* sich ja deiner Meinung an. Schließlich hat er dich ausdrücklich zur Besprechung herbeordert.«

Kästners Miene verfinsterte sich. Auch ohne Pieplows Kopfbewegung zu Böhm hin hätte er gewusst, von wem die Rede war. »Ob du's glaubst oder nicht, darauf lege ich nicht den geringsten Wert«, schnaubte er und stapfte so zackig, wie Plastikhalbschuh und Krücken es zuließen, in Richtung Gartentisch davon, an dem auch heute wieder die Morgenbesprechung stattfinden sollte.

Böhm stand, während alle anderen saßen. Er nahm die Sonnenbrille ab und begrüßte die Runde mit einem forschen »Also dann, meine Herren«.

Es saßen tatsächlich nur Männer auf den alten Gartenstühlen um den Tisch mit der abblätternden Farbe. Die Staatsanwältin hatte sich die Fahrt von Stralsund nach Kloster nicht ein zweites Mal zugemutet und die Ermittlungen in Böhms Hände gelegt. Rechts von ihm Malek, den Stift über dem geöffneten Notizbuch. Daneben der mehr am übervollen Birnbaum hinter Böhm interessierte Professor, mit dem Leiter der Spurensicherung darüber im Gespräch, wie man ganze Williams Christ am besten in Flaschen bekam. Kästner seitwärts am Tisch, Bein und Krücke weit von sich gestreckt. Schließlich Pieplow, der in die Herbstsonne blinzelte, die sich allmählich über die Baumkronen schob.

Böhm räusperte sich, sagte noch einmal »also dann« und fasste den Stand der Ermittlungen zusammen. »Viel hat sich bisher nicht ergeben, aber wir stehen ja auch erst am Anfang. Allerdings mit ziemlich schlechter Ausgangslage. Vermisstenmeldungen aus dieser Zeit existieren nicht mehr. Malek hat das geprüft. Der einzige konkrete Anhaltspunkt ist das Haus. Der Katasterauszug gibt das Baujahr mit 1939 an, Umbaugenehmigungen wurden danach nicht beantragt, und der Grundriss stimmt mit dem Erstantrag überein. Wir haben es also mit einem über sechzig Jahre zurückliegenden Todesfall zu tun, und es dürfte schwierig werden, dazu noch Zeugenaussagen zu bekommen.«

»Wer weiß, wer weiß«, rief der Professor fröhlich dazwischen. »So gesund, wie sich's hier lebt, könnten die Alten noch erstaunlich gut beieinander sein, und das menschliche Gedächtnis ist eine wunderbare Konstruktion. Je älter man wird, umso genauer ist die Erinnerung an die Jugend. Ich weiß, wovon ich rede, mein Lieber! Was ich heute erledigen will, muss ich aufschreiben, aber fragen Sie mich mal, was ich vor vierzig Jahren gemacht habe!«

Böhm lächelte gequält, ließ sich aber nicht aus dem Konzept bringen. Er griff nach ein paar Bogen Papier und warf sie vor Pieplow auf den Tisch.

»Das sind die Namen der über achtzigjährigen Hiddenseer, mit denen Sie sich befassen werden. Reden Sie mit den Leuten. Finden Sie heraus, was sie über diese Schlesingers wissen. Oder über den Hausbau. Ob jemand auf unerklärliche Weise verschwunden ist. Ob es sonst irgendwelche Ungereimtheiten gab. Und Sie«, er wandte sich an Kästner, »Sie werden in Ihrer Dienststelle für Hinweise aus der Bevölkerung zur Verfügung stehen. Es wird sich herumsprechen, wonach wir suchen. Gut möglich, dass jemand etwas dazu zu sagen hat und sich mit uns in Verbindung setzen will. Das werden Sie wohl trotz Handicap bewältigen, nehme ich an. Es versteht sich von selbst, dass alle Gesprächsnotizen und Protokolle umgehend an mich weitergeleitet werden. Ich erwarte, dass hier zur Abwechslung mal wieder gearbeitet wird!«

Mit einem Ruck setzte Pieplow sich auf, als sei er angerempelt worden. Malek blickte betreten in sein Notizbuch, und der Professor hob missbilligend die Augenbrauen.

Kästner packte nur fest den Griff seiner Krücke, aber er sagte kein Wort. Er erhob sich, nickte einen vagen Gruß in die Runde und humpelte davon.

Pieplow stand auf und griff nach der Liste. »War's das?« Er musste sich überwinden, überhaupt etwas zu sagen.

»Nicht ganz. Es fehlt noch Ihr Bericht.« Böhm sah ihn herausfordernd an.

»Welcher Bericht?«

Böhm atmete tief ein wie unter einer schweren Bürde. »Wie wär's mit dem über die Aussagen von Rieke Voss?«

»Sie meinen die Personendaten? Die habe ich …«

»Hören Sie auf, Mann! Die hatten wir schon, bevor Sie überhaupt losgelaufen sind! Ich will wissen, was sie sonst noch gesagt hat.«

Pieplow brachte ein gleichmütiges Schulterzucken zustande. »Nichts, was für die Ermittlungen wichtig wäre.«

»Das zu beurteilen müssen Sie schon mir überlassen. Also, was hat sie gesagt?«

»Nur, dass ihr das Apartment gefällt«, sagte Pieplow so gedehnt, als warte er auf etwas, »und dass Rotwein gut gegen Albträume ist. Dass …«

Mit einem »Ich fass es nicht« und einer ungeduldigen Handbewegung fiel Böhm Pieplow ins Wort. »Es wäre schön, wenn Sie wenigstens aus den Alten etwas Sachdienliches rausholen könnten.«

»Ist klar«, sagte Pieplow und setzte dabei ein Gesicht

auf, von dem er wusste, dass es Menschen wie Böhm zur Weißglut brachte. Leer und schlicht, mit einem so hauchdünnen Anschein von Gehorsam, dass er seine Verachtung nicht wirklich verbarg.

Es war Zeit, dass er hier wegkam. Schließlich liefen auf dem Grundstück genug andere Leute herum, vor denen Böhm sich aufspielen konnte.

Aber der hatte noch eine Karte im Ärmel, mit der Pieplow nicht gerechnet hatte.

»Noch etwas, Pieplow. Das Haus muss heute Nacht überwacht werden. Das übernehmen Sie. Ob Sie sich im Streifenwagen davor hocken oder es sich drinnen bequem machen, ist mir egal, für Letzteres brauchen Sie aber die Einwilligung von Frau Voss. Nicht, dass die uns aufs Dach steigt, weil Sie in ihrem Sesselchen gesessen haben.«

Damit war Pieplow entlassen und konnte gehen. Am Haus vorbei, in dem es immer noch sägte und hämmerte, über die aufgewühlte Grasfläche, durch das Tor.

* * *

Sie hatten oft schon wortlos nebeneinander gesessen. Weil sie sich gestritten hatten. Weil einer schlechte Laune schob. Meist Kästner. Oder weil es einfach nichts zu sagen gab. Aber jetzt wünschte Pieplow, Kästner möge endlich loslegen. Irgendwas Unflätiges brüllen. Auf das Armaturenbrett eindreschen. Seiner Wut Luft verschaffen, anstatt mit diesem drückenden Schweigen Pieplows

Unbehagen immer stärker werden zu lassen. Über das, was Böhm sich herausnahm. Darüber, dass Kästner still hielt. Ausgerechnet Kästner, der Bollerkopp, der sich mit offenem Visier in jedes Getümmel stürzte. Sich mit bräsigen Pferdekutschern genauso anlegte wie mit saufenden Jugendlichen am Strand oder papageienbunten Schnöseln auf Mountainbikes im Naturschutzgebiet. Kein Mann für ausgetüftelte Strategien, eher berechenbar und einem wie Böhm anscheinend nicht gewachsen.

Der Streifenwagen rollte den Mühlberg hinab. Über den Kirchweg schob sich eine Schiffsladung Tagesausflügler, und Pieplow wartete geduldig, bis sie sich rechts und links auf Buden und Läden verteilte.

Bernsteinschmuck. Seidentücher. Buddelschiffe.

»Soll ich Berliner holen?« Wenn sie schon im Schritttempo am Bäcker vorbeirollten, konnten sie die Gelegenheit auch nutzen.

»Nee.«

»Kirschschnecken?«

»Für mich nicht.«

Wenigstens spricht er wieder, stellte Pieplow erleichtert fest und bremste. Wartete ab, dass ein Urlauberpulk sich zwischen Buchhandlung und *Wieseneck* entschied. Buch oder Bier, das war hier wohl die Frage.

Die Horde vor dem Hauptmann-Haus wirkte nicht so, als interessiere sie sich für den Dichter. Eher schon die Jungs für die Mädchen, vor denen sie herumtobten wie junge Stiere. Dann doch lieber Dorfpolizist, dachte Pieplow beim Blick auf den Lehrer, der mit erhobenen Armen vor dem Kartenhäuschen stand und einen Streifen Billetts schwenkte.

Zwischen Heimatmuseum und Nationalparkhaus war es endlich soweit.

»Der hat sie doch nicht mehr alle!« Kästner hatte die Liste mit den Hochbetagten aufgerollt, und es klatschte hohl, als er damit auf das Armaturenbrett schlug. »Der kann sich seine Adressen sonst wohin stecken! Als wenn wir nicht ohne seinen Scheiß-Computer wüssten, wer hier über achtzig ist!«

Eben nicht, dachte Pieplow. Selbst Kästner würde erstaunt sein, wenn er sich beruhigt hatte. Einhundertdrei Namen standen auf der Liste. Es würde einige Zeit dauern, die alle abzuklappern, selbst wenn es nicht überall Kaffee und Kekse gab. Ganz egal, auf welche Sorte Hiddenseer man traf. Die Redseligen, die vom Hütchen aufs Stöckchen kamen und nicht aufhörten, bevor alle Familienanekdoten und Inselgerüchte erzählt waren. Oder die Einsilbigen, die sich jeden Satz abringen ließen und am liebsten überhaupt nichts sagten.

* * *

Der olle Niemann öffnete seinen Mund nur für das Notwendigste. Pfeife rein oder raus. Essen und Trinken, am liebsten Köm. Alles andere war überflüssiger Weiberkram. Wenn zehn oder zwölf Sätze genügten, um bei Orkan ein Schiff heil nach Hause zu bringen, mussten drei, vier

Wörter für das Leben an Land reichen. Erst recht mittags bei Windstille, wenn man komfortabel am Bollwerk in der Sonne saß und anderen bei der Arbeit zusah.

»Tag, Fiete.« Pieplow begnügte sich mit einem Kopfnicken des Alten als Antwort auf seine Begrüßung und setzte sich neben ihn. Eine Weile warmschweigen musste schon sein, sonst bekam Fritz Niemann die Zähne überhaupt nicht auseinander.

»Du kannst dir vielleicht denken, weswegen ich komme«, sagte Pieplow schließlich, während sein Blick einem Möwenschwarm folgte, der zeternd Richtung Bodden davonzog.

Schulterzucken. Aus den Mundwinkeln neben dem grau gekauten Mundstück Rauchstöße.

»Es geht um das Schlesinger-Haus. Wir haben einen Toten darunter gefunden.«

Kopfnicken. Als ob das noch eine Neuigkeit wäre. Fritz Niemann fasste nach seiner Pfeife. Stopfte Tabak nach. Steckte sie zurück in den Mund. Was hatte er mit anderer Leute Leichen zu schaffen.

»In dem Jahr, als das Haus gebaut wurde, warst du vierzehn. Es könnte doch sein, dass du dich daran erinnerst, wer dort gearbeitet hat. Ob es Streit gab. Gerede. Oder irgendwelche Gerüchte. Euer Haus liegt nur hundert Meter weiter den Hügel hinauf. Du musst jeden Tag an der Baustelle vorbeigekommen sein.«

»Das ganze Dorf war eine Baustelle damals«, brummte der Alte abweisend. »Und Streit gab's immer mal. Mehr gibt's dazu nicht zu sagen.«

»Was meinst du damit, dass es immer mal Streit gegeben hat?«

»Es waren eben viele Fremde hier.«

»Aber das ist doch immer so.«

»Keine Gäste. Fremde Arbeiter. Zusammengepfercht in Baracken und schnell auf Krawall gebürstet. Ein paar Hundert werden es wohl gewesen sein über die Zeit. Erst der Hucke-Damm, dann die Siedlung und der Bunker oben am Enddorn, das brauchte viele Leute. Und die waren von einem anderen Schlag als die Sommergäste, das kannst du mir glauben.« Nach einer so langen Rede musste die Pfeife neu versorgt werden. Fritz Niemann tat das genauso sorgfältig wie umständlich. Stocherte mit dem Pfeifenbesteck im Tabak herum. Zog probehalber. Stocherte wieder.

Was sollte er mehr dazu sagen. Es waren ziemlich ungehobelte Burschen gewesen, die damals tonnenweise Steine vom Bollwerk fortschafften. Findlinge von Fehmarn und Granit aus Schweden zur Hucke. Eisen und Zement für den Bunker am Enddorn. Schwere Arbeit für gutes Geld, das abends durch die Kehlen gejagt wurde.

Dass die Schwestern bei Dunkelheit nicht mehr aus dem Haus durften, daran erinnerte er sich, und auch daran, dass er ahnte, warum.

Wenn er nachts nach seinen Aalangeln am Bodden sah, begegneten sie ihm manchmal. Dann huschte er hinter eine Hausecke oder ein Gebüsch, weil sie mit ihrem betrunkenen Gegröle und ihrem derben Gelächter sogar ihm unheimlich waren. Verglichen mit ihren ochsenstarken, muskulösen Körpern fühlte er sich wie ein halber Hering, mit dem sie jeden Schabernack treiben konnten. Seit sie ihm einmal die Aale abgenommen und ihn um seinen Tagesverdienst gebracht hatten, nur um mit den glitschigen Leibern ihre zotigen Scherze zu machen, ging er ihnen aus dem Weg.

Fritz Niemann hob den Blick von der Tabakglut in seiner Pfeife und musterte Pieplow, als müsse er sich besinnen, was der Polizist neben ihm auf der Bank wollte. Dass er nicht unnötig sabbelte, verdiente Respekt, fand der Alte, weil nicht alle Jungen sich aufs Abwarten verstanden. Aber der hier vertrug eine Denkpause, nach der es dort weitergehen konnte, wo einem das Sinnieren dazwischengekommen war.

»Wenn von denen einer verschwand, egal wohin, dann hat sich wohl niemand so recht drum geschert. Wurde eben ein anderer angeheuert, der blieb, solange er die Arbeit schaffte oder bis sich etwas Besseres fand. Aber solange die da waren, gab's immer mal Streit. Um die Zeche. Weil sie sich bei irgendwas gegenseitig in die Quere kamen. Wegen eines Mädchens. Ich weiß aber nicht, was das mit eurer Leiche zu tun haben soll.«

»Wahrscheinlich nichts. Trotzdem schönen Dank, Fiete. Irgendwo muss man ja anfangen, und du …«

»Da wärst du besser zu Waltraud gegangen«, unterbrach ihn der Alte. »Wenn jemand was weiß, dann die.«

Pieplow nickte. Waltraud Pape stand als Nächste auf seiner Liste. Das Papesche Grundstück lag nicht so nah am Schlesinger-Haus wie das Niemannsche, aber dafür war Waltraud Pape neugieriger als alle Niemanns zusammen.

* * *

Pieplow bezweifelte, dass der Tisch für ihn gedeckt war. Strohblumenmuster. Genau wie zu Hause bei besonderen Gelegenheiten. Zwei Gedecke, dazwischen in einem zweckentfremdeten bauchigen Milchkrug Rosen und Schleierkraut.

»Nein, Sie stören nicht. Suchen Sie sich einen Platz aus. Ich sage Mutter Bescheid, dass Sie da sind.«

Hilde Gottschalk, geborene Pape, verschwand Richtung Haus, drehte sich auf halbem Weg noch einmal um und erkundigte sich, ob es ihm recht sei, wenn es zum Kaffee ein Stück frischen Apfelkuchen gab.

War es. Ebenso wie der windgeschützte Platz im Papeschen Garten mit dem Baum voller Schneewittchenäpfel, glänzend grün auf der einen, burgunderrot auf der anderen Seite, und dem Kater, der darunter auf der Lauer lag.

»Da seien Sie mal froh, dass Sie hier Polizist sind!« Waltraud Pape schlich in ihren Hausschuhen genauso leise wie der Kater. Trotzdem stoben die Sperlinge auf, und der Kater verzog sich enttäuscht ins Gebüsch. »Stellen Sie sich vor, was Sie zu sehen bekämen, wenn Sie in der Stadt ermitteln müssten. Stralsund ginge ja noch, aber Rostock? Oder Berlin?« Sie wackelte missbilligend mit dem Kopf.

Pieplow stand auf, ließ sich die Hand schütteln, nach seinem und Kästners Befinden fragen und stimmte ihr zu, als sie auf das Thema zurückkam. Gewiss, eine Leichensache in Rostock oder Berlin war etwas ganz anderes. Wohl kaum so idyllisch und meistens in schlechterer Luft.

»Die können ja auch ganz furchtbar stinken, nicht wahr?« Waltraud setzte sich und sah Pieplow über den Rosenstrauß hinweg an.

»Allerdings«, stimmte er zu, ohne über eigene Erfahrungen mit stinkenden Leichen zu verfügen. Er hatte bisher nur Tote gesehen, die frisch gewaschen auf ihrem Sargkissen lagen, oder er hatte sie aus Unfallautos geborgen. Aber das war lange her und ihm aus ganz anderen Gründen aufs Gemüt geschlagen.

»Aber der unterm Schlesinger-Haus wird nicht mehr stinken. Sagt wenigstens der Professor«, versicherte Waltraud Pape.

»Welcher Professor?«, fragte Pieplow, obwohl er ahnte, von wem sie sprach.

»Professor Dahlke natürlich. Oder gibt es noch einen anderen, der was dazu zu sagen hat?« Aus braunen Elsternaugen flitzte ihr Blick durch den Garten zum Zaun und zu Pieplow zurück.

Hilde Gottschalk erschien mit Apfelkuchen und Kaffee und verhalf ihm damit zu einer Denkpause.

»Nicht, dass Sie jetzt denken, der Professor spricht

mit uns über die Ermittlungen. Er hat sich hier einquartiert, weil ihm der Weg nach Greifswald zu weit ist, und Sie wissen ja, wie meine Mutter ist, sie löchert andere gern mit ...«

»Quickelquackel!«, fiel Waltraud ihrer Tochter ins Wort. »Man wird vielleicht noch fragen dürfen. Du siehst doch, dass den Herrn Wachtmeister interessiert, was ich weiß, sonst wäre er schließlich nicht hier.«

»Ja, Mutter.« Hilde klang leidgeprüft. Bevor es noch unbehaglicher werden konnte, überließ sie ihrer Mutter das Feld. »Greifen Sie zu, Herr Pieplow, es ist genug da. Wenn Sie mich brauchen – ich bin im Haus.«

Waltraud sah ihrer Tochter nach. »Von dem, worum es geht, hat sie nicht die leiseste Ahnung. Sie ist erst nach dem Krieg geboren. Da stand das Schlesinger-Haus schon zehn Jahre. Also wozu sollten wir sie brauchen?«

Pieplow zog es vor, sich schweigend seinem Apfelkuchen zu widmen, und hoffte, dass Waltraud Pape auch ohne sein Zutun auf das Haus und seine Vorgeschichte zu sprechen kam. Doch bevor es so weit war, legte sie ihm noch einmal Kuchen nach und stippte mit dem Zeigefinger die Krümel vom Tischtuch.

»Wenn ich mich an etwas erinnern will, überlege ich meistens erstmal, ob es in der Zeit, um die es geht, wichtige Ereignisse gab. Dann rechne ich vor oder zurück, und schon hab ich's. Aber 1939? Da muss ich nicht lange nachdenken. Im März wurde ich einundzwanzig. Deswegen weiß ich, dass im Frühjahr bei Schlesingers ausgeschachtet wurde. Im April haben wir geheiratet, Ernst und ich, noch schnell vor der Saison, und da war dort drüben schon Baustelle. Es war viel los in dem Sommer. Grade so, als wollten sich alle noch mal erholen und amüsieren, bevor der Krieg losging. Ich glaube nicht, dass Sie Zeit genug haben, sich alles anzuhören, was mir zu diesem Jahr einfällt.«

Pieplow ließ es darauf ankommen. Dass ganz Kloster in jenen Jahren eine einzige Baustelle gewesen war. Erst die Siedlung, in der sie gerade bei Kaffee und Kuchen saßen, dann der Hucke-Damm und die Flak-Stellung samt Bunker und allem Drum und Dran. Tonnenweise Sand, Steine, Zement und überall grauer Staub. Aber davon habe sich niemand die Stimmung verderben lassen. Die Gäste nicht, die noch zahlreicher als in den Jahren zuvor kamen, schiffeweise Kraft durch Freude, morgens rauf auf die Insel und abends zurück nach Stralsund. Und die Hiddenseer auch nicht, die Feste nun einmal gern feierten, wie sie fielen. Irgendwas gab es immer zu weihen, zu bejubeln oder zu begehen. Fahnen, Schiffe, Sonnenwende, Erntedank, Tag der Arbeit.

Pieplow rutschte auf seinem Stuhl hin und her. Je länger er zuhörte, umso mulmiger fühlte er sich. Nicht nur, dass er Böhm würde erklären müssen, warum er mehr als eine Stunde damit zugebracht hatte, sich Vorkriegsgeschichten auftischen zu lassen. Ihm verdarben auch die Bilder von Aufbruch und Frohsinn, die Waltraud Pape von der Insel malte, die Stimmung. Als habe es das Grauen am Horizont nicht gegeben.

»Die Saison lief gut«, fuhr sie unbekümmert fort.

»Stammgäste, Ausflügler, die Familien der Fliegerhorststaffel drüben vom Bug. Es gab viel Trubel auf der Insel. Aber natürlich war das am ersten September mit einem Schlag vorbei.«

Pieplow nickte. Natürlich. Da will man nach Hause, auch wenn man bis zum letzten Augenblick so getan hat, als ginge das Säbelrasseln nur andere was an.

Nichts von dem, was Waltraud Pape berichtet hatte, ergab einen brauchbaren Hinweis. Wahrscheinlich könnte er bis Sonnenuntergang hier sitzen, ohne etwas Verwertbares zu erfahren. Bevor er aufbrach, ließ er dennoch auftragsgemäß die Frage nach den besonderen Vorkommnissen vom Stapel. »Gab es Gerede, Gerüchte, Ungereimtheiten? Irgendetwas, das sich im Rückblick mit dem Toten in Verbindung bringen ließe?«

»Nicht, dass ich wüsste.« Waltraud Pape schüttelte den Kopf. »Gerede und Gerüchte, mein Gott, die gibt's doch immer. Geldgeschichten oder wer mit wem und solche Sachen. Aber wenn Sommertechtelmechtel ein Grund für Mord und Totschlag wären, dann hätte es mehr als einen verbuddelten Toten geben müssen. Und Ungereimtheiten? Was soll ich mir denn darunter vorstellen?«

»Ich weiß es auch nicht«, sagte Pieplow und hob ratlos die Hände. »Eben Sachen, auf die sich niemand einen Reim machen konnte.« Er erhob sich, weil er sah, wie sie die Unterlippe skeptisch vorschob und bedauernd den Kopf hin und her wiegte.

»Ich glaube nicht, dass es so was gab. Andererseits ist

es wirklich schon lange her, und man müsste …« Sie stockte mitten im Satz, hob den Blick zu Pieplow, der vor ihr stand, die Hand schon zur Verabschiedung ausgestreckt. »Da war was. Aber ich würde nicht meine Hand dafür ins Feuer legen, dass es in dem Jahr passiert ist.«

»Und das wäre?« Er setzte sich wieder.

Sie beachtete die Frage nicht. Ihr Blick ging durch ihn hindurch, während sie sich in ihrer Erinnerung vortastete: »Doch, ja, das war 1939. Oder? Es könnte auch … Nein, das muss in diesem Frühjahr gewesen sein, kurz vor meinem … oder? Ach, herrje, man hätte seine Tagebücher aufheben sollen. Ein gutaussehender Mann, wirklich. Groß, schlank. Klavierspielerhände. Fast vornehm könnte man sagen. Ich hab ein paar Mal mit ihm getanzt, müssen Sie wissen.« Sie lächelte kokett und fast ein wenig wehmütig.

Pieplow wusste gar nichts. Erst recht nichts, was beim Sortieren von Jugenderinnerungen hochbetagter Damen hilfreich hätte sein können. Aber sie kam auch ohne seine Unterstützung auf dem Meer ihrer Erinnerungen wieder flott: »Es muss 1939 gewesen sein, denn im Jahr davor … Egal. Auf jeden Fall verschwand der Herr Ingenieur in diesem Frühjahr. Das gab natürlich Gerede. Wieso, warum, wohin? Erst war er hier jahrelang enorm wichtig herumgelaufen mit seinen Plänen und Papieren und plötzlich …«

Ihre Hand machte eine Aufwärtsbewegung. »Auf und davon. Aber mit dem Toten unterm Schlesinger-Haus kann das nichts zu tun haben.«

»Und wieso nicht?«

»Ach, eigentlich war das eine tragische Geschichte. Er war mit einem Mädchen aus Vitte verlobt, dieser Ingenieur, das ein paar Monate vor der Hochzeit gestorben ist. Rolf oder Rudolf oder so ähnlich hieß er. Mir will der Name nicht einfallen. Gut möglich, dass ihn das aus der Bahn geworfen und auf dumme Gedanken gebracht hat. Jedenfalls war er eines Tages weg und mit ihm zweitausend Mark aus der Reichskasse.«

»So viel Geld?« Pieplow zog erstaunt die Augenbrauen hoch.

»Das will ich meinen! Geld für Materiallieferungen und für die Löhne der Arbeiter. Außerdem ist er auch noch seine Quartierkosten schuldig geblieben. Er hat sein Zimmer leer geräumt, sein Bett gemacht und sich noch vor dem Frühstück verdünnisiert. So hat Hertha es erzählt. Hertha Möhle, drei Häuser weiter oben.« Waltraud Pape wies Richtung Hochland. »Für die war das ein ziemlicher Schlag ins Kontor, das können Sie mir glauben.«

Pieplow schrieb mit, so schnell er konnte.

Als sie sah, dass er sich die Namen notierte, fügte sie hinzu: »Fragen können Sie Hertha nicht mehr. Sie ist schon seit ein paar Jahren tot.«

Auch das vermerkte er gewissenhaft, ebenso wie den Namen des Ingenieurs, der Waltraud Pape erst einfiel, als Pieplow sich zum zweiten Mal verabschieden wollte. Dietrich. Dietrich Roloff, Ingenieur beim Bauamt Stralsund. Wenigstens *ein* Ergebnis als Tätigkeitsnachweis im Protokoll über einen halben Septembernachmittag, auch wenn es sich womöglich als blinde Spur herausstellen sollte.

Dass Professor Dahlke pünktlich um halb vier durch die Papesche Gartenpforte trat, gehörte dagegen wohl nicht ins Protokoll. Auch nicht, dass Hilde Gottschalk schnell noch ihre Haare richtete, bevor sie saubere Tassen und frischen Kaffee auf einem Tablett zum Tisch in der Herbstsonne trug.

»Herrlich! Köstlich! Dieser Duft!«, hörte Pieplow den Professor rufen und hatte den Verdacht, dass nicht nur der Kaffee gemeint sein könnte. Sieh an, dachte er, sieh an.

5

Seltsam, dass etwas so lange her sein kann und doch so klar in der Erinnerung ist, als sei es erst vor kurzem geschehen.

Ich sehe Clara vor mir, wie sie am Bollwerk auf den Nachmittagsdampfer wartet, genauer gesagt, auf die Waren, die er bringt. Zeitungen, Filme und all die Tinkturen, die Otto Jeschke in seiner Dunkelkammer brauchte. Ich sehe ihr seesandblondes Haar, das im Laufe des Sommers den gelblichen Ton verlor und fast silbrig schimmerte wie sonnengebleichtes Treibholz. Sie trug es nicht mehr mädchenhaft zu beiden Seiten geflochten, sondern in einem dicken Zopf, der genau dort endete, wo sich die weißen Schürzenträger zwischen ihren Schultern kreuzten.

Sie war eher groß für ihr Alter, auf jeden Fall größer als Lissi oder ich, und wer genau hinsah, konnte erkennen, dass sie sich zu einer klaren, ich möchte fast sagen, nordischen Schönheit entwickelte. Schlank, aber nicht zart. Das war keine von uns. Wie denn auch, mussten wir doch im Haus und beim Vieh zupacken, sobald wir laufen und einen Hütestock halten konnten.

Clara hatte es leichter als Lissi und ich, denn für die

schwere Arbeit waren die Brüder zuständig, dafür sorgte die Mutter mit ihrem Wunsch, Clara sollte es besser haben. Besser jedenfalls als sie selbst, die sich als Fischersfrau plagen und ihrem Mann jeden Schritt abringen musste in das, was sie die *neue Zeit* nannte.

»Du bist einfach nur stur, Walter! Uns geht ein schöner Batzen Geld durch die Lappen, nur weil du deine Grundsätze hast. Keine Fremden im Haus! Das ist lächerlich und dumm obendrein. Sieh dich doch um! Freese, Witt, Gau und all die anderen haben längst begriffen, welchen Nutzen sie von den Sommergästen haben.«

»Ich bin nicht neidisch drauf. Dafür hab ich meine Ruhe. Keine albernen Gartenstühle auf meinem Hof, kein Weibergekreisch und nicht immer ›Ja, gnädige Frau‹, ›Selbstverständlich, Herr Regierungsrat‹ und all das andere Gewäsch.«

Marga Timpe war klug genug zu verschweigen, dass es gerade der Gedanke an einen Herrn Regierungsrat und die gnädige Frau unter ihrem Dach war, der ihr so gut gefiel.

»Dann hör nicht hin, wenn's dich stört. Sonst kümmert dich doch auch nicht, was gesprochen wird. Im Sommer bist du zum Fischen oder im Hafen. Noch nie hast du im Juli oder August einen Fuß in die Stube gesetzt. Du brauchst sie nicht, ich auch nicht, warum also nicht gutes Geld damit verdienen?« Marga Timpe warf sich in die Brust, als sie diesen Trumpf ausspielte, denn gegen das Geldverdienen konnte doch nicht einmal ein querköpfiger Hiddenseer Fischer etwas einzuwenden haben.

Aber als sei alles gesagt und wieder mal viel zu viel geredet worden, brummte Walter Timpe nur »Schluss damit«, stand auf und setzte sich zum Netzflicken vors Haus.

Clara und ihre Brüder hatten den Atem angehalten. Keinen Mucks hatten sie von sich gegeben, nur verstohlene Blicke zwischen den Eltern hin und her gehen lassen. Dass der Vater nicht klein beigab, erleichterte sie, auch wenn sie die Stube nur so selten betreten durften, dass sie sich dort immer ein wenig wie zu Besuch fühlten.

Claras Konfirmation war die letzte Gelegenheit gewesen, bei der Marga Timpe ihre kalte Pracht vorgeführt hatte. Das Büfett mit den gedrechselten Säulen im Aufbau, den großen Tisch, das hochbeinige weinrote Sofa und die gepolsterten Stühle, deren Bezüge das ganze Jahr von dunklen Gardinen vor Licht geschützt werden mussten. Auch wenn in dem niedrigen Raum alles ziemlich gequetscht wirkte, verfehlte es nicht seine Wirkung. So wohnte, wer mehr erwartete als ein Leben, das sich um Seefahrt und Fischfang drehte, um Hornfisch und Hering.

Noch heute glaube ich den Tonfall zu hören, wenn Marga Timpe in unserer Küche saß und Mutter Geschichten erzählte, die mit »Bei uns zu Hause auf dem Gut« begannen und dann von Empfängen und Diners mit lauter Freifrauen und Rittmeistern handelten.

Es klang sicher nicht aus Versehen so, als sei sie selbst eines der gnädigen Fräuleins gewesen. Und nicht nur die Tochter des Stallmeisters, die in der Küche half, bis sich ein Ehemann fand. Ihre Geschichten ließ Marga Timpe dann gern mit einem Seufzen ausklingen und zog dazu die Augenbrauen kaum merklich zusammen, als quälte sie ein lästiger Kopfschmerz.

Sie war eben an den falschen Mann geraten. Einen, mit dem ihr Vater sie verheiratet hatte, damit sie noch unter die Haube kam, obwohl sie schon auf die dreißig zuging.

»Stell dir das vor!« Marga war so empört, dass ihr hochgeschnürter Matronenbusen wogte. »Clara will arbeiten. Wozu, frage ich dich! Es gibt genug zu tun, wobei sie sich nützlich machen kann.«

»Sie will sich vielleicht nicht nur irgendwie beschäftigen, sondern arbeiten wie andere auch, Geld verdienen wie Luise oder Lissi«, gab Mutter zu bedenken.

»Sie ist aber nicht Lissi!«, brauste Magda auf. »Sie hat es nicht nötig, für andere die Drecksarbeit zu machen. Ihr Vater kann gut genug für sie sorgen.«

Was man von Lissis Vater tatsächlich nicht sagen konnte. Seit ihm bei einem Mastbruch der Arm zerschlagen worden war, brachte er die Familie mehr schlecht als recht mit Fuhrdiensten durch, und jeder im Dorf wusste, wie dringend Lissis Verdienst als Küchenhilfe bei Freese gebraucht wurde.

Bei uns stand es gerade so viel besser, dass wir einigermaßen über die Runden kamen. Das eine Jahr besser, das andere schlechter, je nachdem wie viel gebaut und wie oft ein Zimmermann gebraucht wurde. Wäre nicht Mutters Lohn von der Post gewesen, wo sie Briefe sortierte und mit einem freundlichen, immer ein wenig verlegenen Lächeln am Schalter saß, wir hätten es wohl kaum besser gehabt als Lissi und ihre Familie.

Clara stritt nicht mit ihrer Mutter, sondern hüllte sich in gekränkte Einsilbigkeit und setzte damit schließlich ihren Willen durch. Als Jeschke eine Saisonkraft suchte, gab Marga Timpe klein bei. Andenken, Accessoires und fotografisches Zubehör verkaufen, das machte eindeutig mehr her als Böden schrubben und Betten machen.

»Es blieb mir ja nichts anderes übrig«, klagte sie seufzend und machte dazu ihr leidendes Kopfschmerzgesicht, weil es ein Kreuz war mit diesem Kind, das schöner zu werden versprach, als sie selbst je gewesen war, aber leider, leider das Launische ihres Vaters geerbt hatte. »Des Menschen Wille ist sein Himmelreich. Aber wir werden noch sehen, wohin es führt, wenn sie nicht auf ihre Mutter hört.«

Noch heute wünschte ich, ihr selbstzufriedenes Orakel hätte sich nicht auf so furchtbare Weise erfüllt.

6

»Weißt du, der Wievielte du heute bist? Der Fünfte! Habt ihr denn nichts anderes zu tun, oder was? Fehlt nur noch, dass ihr alle Mann hoch zum Köm-Saufen herkommt. Am besten bringst du nächstes Mal die andern gleich mit. Een und Mall und wer sich da sonst noch langweilt!« Kästner empörte sich laut genug, um durch das offene Fenster auch den Hof zu beschallen. Was ihm entgegnet wurde, konnte Pieplow nicht hören. Erst wieder Kästner: »Das ist hier eine Polizeistation und kein Auskunftsbüro. Ihr sollt uns sagen, was ihr wisst, nicht umgekehrt! Du glaubst doch nicht allen Ernstes, du erfährst von mir etwas über den Stand der Ermittlungen? Mal ganz abgesehen davon, dass es noch gar nichts zu erfahren gibt!«

Pieplow schmunzelte. Keine Frage, Kästner hatte sich von Böhms Rüffel erholt.

»Also, was weißt du über diese Geschichte?« Immer noch laut, aber hörbar freundlicher befragte er sein Gegenüber, als Pieplow den Wachraum betrat und an der Tür stehen blieb. Mit einem genervten Augenrollen schwenkte Kästners Blick von dem Alten, der vor ihm saß, zu Pieplow hinüber.

»Ich?« Weil Erwin Schulte sich umdrehte, schien seine Frage an Pieplow gerichtet.

»Natürlich du, wer denn sonst?« Ruppig holte sich Kästner die Aufmerksamkeit des Alten zurück.

»Wieso soll ich was darüber wissen? Um das, was die in Kloster machen, haben wir uns nie viel gekümmert.« Es klang, als liege das Nachbardorf eine Tagesreise entfernt.

»Ach nee! Dafür, dass es dich nicht interessiert, bist du aber ziemlich neugierig, Erwin.« Jetzt grinste Kästner.

Erwin Schulte erhob sich umständlich. »Hätt' ja sein können, dass sich was ergibt«, brummte er. »Manchmal merkt man ja erst beim Reden, was man so weiß.«

»Auch wieder wahr.« Kästner nickte versöhnlich. »Kannst ja wieder vorbeikommen, wenn dir doch noch was einfällt.«

Pieplow hätte seine Dienstmütze darauf wetten mögen, dass der Alte zufrieden war. Bisschen plaudern, ein paar kernige Sätze unter Männern und genug Informationen für den Schnack an der nächsten Ecke. Was wollte man mehr.

»So ging das den ganzen Nachmittag«, stöhnte Kästner. »Und herausgekommen ist bei all dem Gesabbel rein gar nichts. Ich schätze mal, der Herr Kriminaldirektor wird nicht erfreut sein, wenn ich Meldung erstatte.« Der Zettel vor ihm auf dem Schreibtisch war praktisch leer. Fünf Namen, weiter nichts. »Und bei dir?«

Pieplow hob bedauernd die Schultern. »Auch nicht viel. Ich erzähl's dir auf der Fahrt.«

Der olle Niemann, Waltraud Pape. Der Rest so unergiebig wie Kästners Gespräche.

»Immerhin. Du bist wenigstens auf einen Verschwundenen gestoßen, auch wenn's nicht der Richtige war. Was hat denn der große Meister dazu gesagt?«

»Nichts. Malek musste den Namen notieren und soll sich jetzt drum kümmern.«

»Na klar, für so was hat man seine Leute«, blaffte Kästner. »Die können sich dann die Hacken ablaufen, um eine siebzig Jahre alte Vermisstensache zu durchleuchten. Als wenn wir nichts Besseres zu tun hätten.«

»Eigentlich haben wir das ja auch nicht, solange wir nicht wissen, wer die mysteriöse Leiche ist«, gab Pieplow zu bedenken.

Kiefern und Erlen rechts und links der Straße nach Neuendorf schluckten so viel vom späten Tageslicht, dass Pieplow die Scheinwerfer einschalten musste. Drei, vier Minuten noch, dann würde er Kästner zu Hause absetzen. Unklug also, durch einen unvorsichtigen Einwand jetzt noch eine endlose Debatte vom Zaun zu brechen.

»Mysteriöse Leiche – wie das schon klingt! Nach Fluch und Omen und Nebel über dem Moor. Dabei hat einfach einer jemanden um die Ecke gebracht, ist nicht erwischt worden und irgendwann samt seiner Tat zur Hölle gefahren. Punkt, Schluss, aus. Es kann doch nicht so schwer sein, das zu akzeptieren.«

»Und wenn er nicht zur Hölle gefahren ist? Ich meine, wenn der Täter noch lebt?«

»Pfff«, machte Kästner. »Nix. Verjährt und fertig.«

»Du weißt genau, dass Mord nicht verjährt.«

»Menschenskind, Pieplow, was soll denn das? Warum reitest du dauernd auf diesem Mord rum? Du bist doch sonst nicht so vergnügungssüchtig.«

Pieplow fand, ein so dämlicher Spruch verdiente keine Erwiderung, und schwieg während der letzten hundert Meter Fahrt.

Kästners Frau stand vor dem Haus und sah ihnen entgegen.

»'n Abend, Daniel«, begrüßte sie Pieplow. »Was hältst du von frischem Hering mit Bratkartoffeln?« Durch das offene Autofenster legte sie ihm freundschaftlich eine Hand auf die Schulter. Auf dem Beifahrersitz mühte sich Kästner allein mit Krücken und Plastikschuh ab. Ihm zu helfen hatten sie im Laufe der Zeit aufgegeben. Es machte ihn nur noch fuchtiger.

»Danke, Andrea.« Pieplow mochte Kästners Frau und ließ sich sonst gern zum Essen einladen. »Heute nicht, ich …«

»Er hat noch einen Tatort zu bewachen«, fiel Kästner ihm ins Wort. Er hatte sich endlich aus dem Auto herausgewuchtet und stand jetzt neben seiner Frau.

Pieplow griff in seine Hemdtasche, zog einen Zettel hervor und reichte ihn Kästner durch das Fenster. »Die Namen der Achtzigjährigen hier bei euch. Es sind neunzehn. Während ich im Schlesinger-Haus hocke, kannst du ja vielleicht noch den einen oder anderen befragen.«

»Wie stellst du dir das vor?« Kästner klopfte mit der Krückenspitze gegen seinen Plastikstiefel.

»Nun stell dich nicht an. Ist doch wunderbar hier. Alles flach, keine Zäune, sozusagen behindertengerecht.« Sein Blick ging durch das weitläufige Dorf mit seinen weißen reetgedeckten Häusern, dazwischen Wiesen und Platz genug für eine Horde Kinder, ihre Räder und ihren Fußball.

»Ich bin krankgeschrieben.«

»Teildienstfähig.« Pieplow hob grüßend die Hand und wendete den Wagen.

»Tooor!« kam es von dort, wo die Kinder bolzten.

* * *

Das Türblatt stieß oberhalb des Schlosses gegen den Rahmen. Pieplow fasste die Klinke fester, hob die Tür damit ein wenig an und zog sie mit einem Ruck ins Schloss. Man würde sie zurechthobeln müssen, wenn alles vorüber war. Mit alten Vollholztüren kein Problem, dachte er, als ginge ihn das etwas an.

Außer einer grauen Staubschicht auf allen Flächen und Trittspuren auf dem rotgemusterten Teppich war in diesem Raum von den Arbeiten jenseits der Tür kaum etwas zu sehen. Pieplow schaute sich um und fand, es konnte ungemütlichere Orte für nächtliche Wachen geben. Rechts ein klobiger senfgelber Kachelofen. Gegenüber ein durchgesessenes, wulstiges Sofa, davor ein ausladender Sessel, beides mit dem gleichen seegrünen Stoff bezogen. Vor dem Westfenster Esstisch und Stühle.

Solide, schwere Möbel, die vor Jahrzehnten gutes Geld gekostet haben mussten.

Es dauerte eine Weile, bis Pieplow merkte, dass nicht nur das Ausgeblichene, Abgenutzte der Behaglichkeit des Raums etwas Schäbiges gab. Helle Rechtecke an den Wänden zeigten, dass Bilder fehlten. Lücken zwischen den Büchern im niedrigen Regal unter den Nordfenstern. Hauptsächlich Taschenbuchausgaben, die Rücken brüchig, das Papier vergilbt. Ein paar »Kompass«-Bände, ein zerfledderter Bildband »Entlang der Ostseeküste«. Daneben Kriminalromane, die Einbände schwarz und pink und neongelb. Sjöwall/Wahlöö. »Bückware«, heiß begehrt und praktisch nicht zu bekommen. Daran erinnerte sich Pieplow genau und auch an den forschenden Blick der Bibliothekarin, wenn er immer mal wieder danach gefragt hatte. Kein Zweifel, hier hatte jemand so gute Beziehungen gehabt, dass er schon vor dreißig Jahren an schwedische Kriminalromane herangekommen war.

Pieplow nahm ein Buch nach dem anderen in die Hand. Keines war unbeschädigt, alle rochen gleich. Nach stockigem schlechtem Papier und ungelüfteten Räumen.

Ein Geräusch riss ihn aus seinen Überlegungen, ob sich »Der Mann, der sich in Luft auflöste« oder doch eher »Der lachende Polizist« als Lektüre für seine Nachtwache eignete. Ein tastendes Knirschen. Vorsichtige Schritte in den Schuttresten auf dem Flur.

»Was zum Teufel …« Er stieß die Tür auf, und in dem

Lichtstreifen, der hinaus in den Vorraum fiel, stand Rieke Voss. Sie hatte ein zeltgroßes wollenes Tuch um die Schultern geschlungen, das in allen Regenbogenfarben wogte und sich beulte, bis sie schließlich drei Flaschen Rotwein darunter hervorstreckte.

»Ich dachte, ich leiste Ihnen ein bisschen Gesellschaft. Könnte doch sein, dass Ihnen langweilig ist.« Sie lächelte ihn verschwörerisch an, steuerte zielstrebig auf die Vitrine zu und stellte Gläser auf den Tisch.

Pieplow schloss mit einem stummen Seufzer die Tür. Weder gruselte es ihn noch langweilte er sich, und es stand ihm keineswegs der Sinn nach einem Rotweingelage.

»Für mich nicht«, wehrte er ab. »Ich bin im Dienst.«

»Ach, kommen Sie, ein Glas zur Geselligkeit, dagegen wird ja wohl niemand was haben. Und wenn jemand kommt, sagen wir einfach, ich hätte Sie genötigt.«

Nach dem zweiten Glas bedauerte Pieplow, Andreas Bratkartoffeln mit Hering ausgeschlagen zu haben. Sie wären eine bessere Grundlage als die Wurststulle, die er auf dem Weg hierher hastig heruntergeschlungen hatte.

Rieke Voss redete, Pieplow hörte zu.

Vergeblich versuchte sie, ihm etwas über sein Privatleben zu entlocken. Dass er, genauso wie sie, allein lebte, erfuhr sie noch, aber ihren Fragen nach dem Warum oder ob er daran etwas zu ändern gedenke, wich er aus und lenkte das Gespräch auf die Schlesingers.

Der Großvater war in den dreißiger Jahren zu Geld

gekommen, viel Geld, das er unter anderem in das Hiddenseer Haus steckte.

»Automobile aller Art, Spedition, solche Sachen. Die Firma gibt es heute noch. Vielleicht sind Sie schon mal dran vorbeigefahren? Ein großes Autohaus, direkt hinter der B 105? Japanische Autos, glaube ich, aber davon versteh ich nichts. Ich hab ja nicht mal einen Führerschein. Warten Sie mal …« Sie stand auf und kramte aus dem unteren Teil der Vitrine ein Album hervor. Braunschwarz marmorierte Lederdeckel, dazwischen, geschützt von spinnwebgemasertem Transparentpapier, Fotos auf schwarzem Karton.

Rieke Voss blätterte vor und zurück, bis sie fand, wonach sie suchte. Das Bild eines Mannes im Zweireiher. Krawatte, Hut, Handschuhe in der linken Hand, die er selbstbewusst auf die Hüfte stemmt. Die rechte ruht auf dem Fensterholm eines Autos, bei dem Pieplow an amerikanische Gangsterfilme denken musste.

»Das ist mein Großvater, und das hier …« Sie klappte mehrere schwarze Seiten auf einmal um, »das ist die ganze Familie«. »Unser Dornbusch 1937« stand unter der Fotografie, auf der ein Dutzend Menschen Richtung Kamera blickte. Darunter, mit weißem Stift auf schwarzem Grund, in drei Reihen Namen wie bei einer Mannschaftsaufstellung. »Meine Großeltern, meine Mutter«, ihre Zeigefingerkuppe tippte auf ein Mädchen im Backfischalter, zog dann weiter zu den Gesichtern zweier junger Männer, dem Vater so ähnlich wie Abziehbilder. Der eine hatte den Betrieb übernommen, der andere sein Leben lang bei Mercedes gearbeitet.

»Was ist mit dem?« Pieplow wies auf ein rundes, weiches Gesicht, das mehr nach der Mutter kam. Statt Anzug und Krawatte trug der dritte Sohn Pullunder und ein kurzärmeliges Hemd mit offenem Kragen.

»Mit Richard? Nichts. Ich meine, aus dem hat nach dem Krieg nichts mehr werden können, weil er gefallen ist. Bei drei Söhnen wenig Blutzoll, wenn Sie mich fragen. Wenn man bedenkt, wie es anderen Familien ergangen ist.«

Zwölf Namen ließen sich zuordnen. Für eine junge Frau, etwas abseits der Gruppe, schon fast an der Treppe hinauf zum Hotel, fand sich keiner.

Rieke Voss hob bedauernd die Schultern. »Ein Hausmädchen, nehme ich an, aber ich weiß nicht mal, ob das unserer Familie oder eines vom Hotel. Das wird sich wohl auch nicht mehr herausfinden lassen.«

»Käme auf einen Versuch an«, sagte Pieplow zögernd. »Aber dazu bräuchte ich das Bild.«

»Von mir aus. Wenn Sie versprechen, dass ich es zurückbekomme.«

»Selbstverständlich«, versicherte er.

7

Eine Glühbirne im Flur und das helle Licht dieser sonnigen Herbsttage reichten für die Präzisionsarbeit, die ihnen bevorstand, nicht aus. Also hatten die Männer der Spurensicherung so viele Scheinwerfer aufgestellt, dass Pieplow die Szene eher an ein Film-Set als an Polizeiarbeit denken ließ.

Niemand hatte seine Anwesenheit bei dieser makabren Arbeit angeordnet, die ihm wie eine fragwürdige Graböffnung vorkam, obwohl er wusste, dass sie notwendig und berechtigt war. Die Ruhe des Toten wurde gestört, die er an diesem Ort fast siebzig Jahre lang gehabt hatte.

Weil ihn auch niemand wegschickte, nicht einmal Böhm, der eine Art Endspurthektik verbreitete, musste Pieplow selbst entscheiden, ob er bleiben oder gehen wollte. Sogar für die Hälserecker und Knipser am Zaun waren andere zuständig. Böhm hatte sich reichlich Verstärkung aus Bergen mitgebracht. Vor allem Schutzpolizisten, die in ihren Uniformen weit mehr dramatische Wirkung auf die Öffentlichkeit entfalteten als die eher unscheinbaren Kripoleute.

Neben der weißen Markierungslinie wurde die Maschine in Stellung gebracht, mit der man dem Zement zu Leibe rücken wollte. Dann gingen nacheinander die Scheinwerfer an.

Pieplow machte sich nichts vor. Andere mochten vielleicht auf das amtliche Mäntelchen hereinfallen, in das er seine ganz gewöhnliche Neugier hüllen konnte. Aber er wusste, dass er hier ebenso überflüssig war wie die zivilen Spanner und selbsternannten Reporter. Eigentlich hätte ihm ein anderes Bild von sich besser gefallen. Das des souveränen Polizisten, der gelassen seiner Wege geht. Seine Arbeit dort weiterführt, wo er tags zuvor aufgehört hatte, unbehelligt von fremder und eigener Sensationslust.

Eigentlich.

Pieplow bewegte die Schultern ein wenig auf und ab, bog den Rücken kaum merklich erst nach vorn und dann ins Hohlkreuz zurück. Isometrische Übungen. Vielleicht ließen sich so die Verspannungen nach einer halbwach in einem durchgesessenen Sessel verbrachten Nacht lösen. Als Entscheidungshilfe taugten sie jedenfalls nichts, denn Pieplow stand immer noch am Rand des Geschehens, als der Professor neben ihm auftauchte.

»Eine Weile wird's noch dauern, bevor wir etwas zu sehen bekommen. Ich hoffe sehr, dass es gleich auf Anhieb klappt.« Er sprach ruhig. Ganz sachlich. So, als sei es von Bedeutung, dass Pieplow über den Gang der Arbeiten informiert war.

»Warum hoffen Sie das?«

»Weil das bedeutet, dass die Erdschicht zwischen

Fundament und Skelett dick genug ist, um das eine vom anderen fernzuhalten. Ist sie es nicht, klebt das Objekt unseres Interesses vielleicht mit der Nase im Beton. Da aber das untere Ende, also das, was wir von den Beinen noch sehen können, eindeutig nicht eingegossen ...« Für den Professor schien das Problem ausführlich genug dargestellt, er ließ den Rest des Satzes in der Luft hängen.

»Verstehe«, sagte Pieplow. Die eine Hälfte im Beton, die andere nicht. »Und was dann?«

»Dann, mein lieber Wachtmeister, werden wir unter Umständen das ganze Ensemble in die Gerichtsmedizin schaffen müssen. Zementsockel und Skelett. Ich kann mich natürlich irren, aber ich glaube, das hatten wir noch nicht.« Der Gesichtsausdruck des Professors ließ darauf schließen, dass ihn eine solche Möglichkeit keineswegs betrübte.

Drei Stunden später zeigte sich, dass der Haussockel an Ort und Stelle bleiben konnte. Das Fundament hatte sich bis dorthin, wo der Kopf des Toten liegen musste, Stück für Stück aufnehmen lassen. Mit äußerster Vorsicht wurde nun das verdichtete Erdreich darunter abgetragen. Nichts durfte beschädigt werden. Ein vom Körper abgespreizter Arm etwa, mögliche Kleidungsstücke oder Gegenstände, die der Tote bei sich gehabt hatte.

Vier Männer knieten in Schutzanzügen am Rand der flachen Grube, zwei rechts, zwei links, vom Professor mit Argusaugen beobachtet. Das Werkzeug, mit dem sie sich Krume für Krume vorarbeiteten, wirkte fast kindisch. Kleine Schäufelchen, Spachtel, schmale Maurerkellen, Pinsel in allen Größen: säuberlich aufgereiht wie Operationsbesteck.

Gebannt starrte Pieplow auf das, was sich im dunklen Boden abzuzeichnen begann. Keine Spur mehr von den Zweifeln, die ihn hatten schwanken lassen. Auch kein Gedanke mehr an das fruchtlose Klinkenputzen, mit dem er den Vormittag verbracht hatte, bevor ihn die Neugier in die Gasse am Mühlberg gezogen hatte.

In vier Häusern war er gewesen. Hatte seine Fragen vorgebracht, nachgehakt, Gedächtnishilfen gegeben. Das Foto der Schlesingers hervorgezogen und Zeit gelassen, es zu betrachten. Nirgendwo hatte er etwas erfahren, was er nicht schon wusste. Auch nicht den Namen des Mädchens außen rechts auf dem Bild.

»Du meine Güte … ja … wer könnte das sein?« – »War nicht … aber nein.« – »'39 sagen Sie? Warten Sie mal … Hier aus Kloster war sie nicht, dann wüsste ich's. Oder doch? Nee, die muss aus Vitte sein.« – »Wir haben uns nie viel um andere Leute gekümmert, wissen Sie?« – »Tja, wenn meine Frau noch lebte, die könnt Ihnen das jetzt …«

Es war Pieplow nicht leichtgefallen zu sortieren, was die Alten sagten. Nützlich, überflüssig. Wichtig, unwichtig. Zu anderer Zeit, aus anderem Anlass hätte er sie reden lassen. Davon, dass kaum zu glauben sei, wie schnell die Jahre vergingen. Wie jung man einmal gewesen sei. Von der schönen, schlimmen, schweren Zeit und davon, dass man nie wissen konnte, was kam, und es wohl auch besser so sei.

So aber hatte er sich den Gesprächen entzogen, sobald es möglich war, ohne unhöflich zu wirken. Zum Schluss stellte er immer dieselbe Frage. Die nach jemand, der mehr wissen konnte. Vielleicht jemand, der im *Dornbusch* gearbeitet hatte, der die Schlesingers kannte oder wusste, wer damals zum Personal gehörte.

Zwei Namen hatte er sich notiert, von denen er einen zwar auf seiner Liste fand, der ihm aber ebenso wenig sagte wie die dazugehörige Adresse. Allmählich sank seine Hoffnung, überhaupt etwas herauszubekommen, was Licht in die Sache brachte. Das alles lag ganz einfach zu lange zurück. Wie sollte sich jetzt noch aufklären lassen, wessen Überreste unter den Spachteln und Pinseln dort in der Grube immer deutlicher zum Vorschein kamen? Die scharfkantigen leeren Augenhöhlen, das Nasenbein, kurz und ausgezackt, als sei es abgebissen worden. Aus Ober- und Unterkiefer ragten lang und gelblich die Zähne hervor.

»Wunderbar! Ganz ausgezeichnet!« Als der Brustkorb sichtbar wurde, knetete der Professor seine Hände wie ein Pianist vor einer kühnen Kadenz. »Der Herr ist wirklich gut erhalten. Er wird uns wohl einiges über sich erzählen können. Wunderbar!«

»Was wollen Sie damit sagen?«, fragte Böhm so schroff, dass Pieplow beinahe den Kopf geschüttelt hätte. Es mochte ein Manko sein, dass er selbst sich für die Rolle des harten Bullen so wenig eignete, aber dass Typen wie Böhm auf Dauer damit Erfolg hatten, konnte er sich ebenso wenig vorstellen.

Der Professor ließ sich nicht aus seiner heiteren Ruhe bringen. »Ich will damit sagen, dass dieser Mann uns das eine oder andere über sich verraten wird. Alter und Größe sowieso. Das Gebiss wird zeigen, ob er sich einen Zahnarzt leisten konnte, und die Reste der Bekleidung, für was er sonst noch Geld hatte. Hemden mit teuren Knöpfen, zum Beispiel. Oder billigen, je nachdem. Gürtelschnalle, Krawattennadel, solche Dinge. Außerdem hätten Sie doch wahrscheinlich gern einen Hinweis auf die Todesursache, nicht wahr?«

Böhm war nicht anzumerken, ob ihn der amüsierte Tonfall des Professors verärgerte. »Wieso sind Sie sicher, dass es ein Mann ist?«, hakte er nach.

»Ich habe mir erlaubt, ein wenig zu puzzeln, mein lieber Böhm. Die Fußknochen, Sie erinnern sich? Aneinandergefügt lassen sie auf Schuhgröße 43/44 schließen. Das scheint mir doch reichlich viel Fuß für eine Frau. Aber natürlich haben Sie Recht, auf einer fundierten Aussage zu bestehen. Da muss ich Sie allerdings vertrösten, bis wir unseren Fund hier nach allen Regeln der Kunst durchleuchtet haben. Wie heißt es doch immer so schön: Alles Weitere nach der Obduktion. Wenn Sie mich jetzt entschuldigen würden, wir wollen doch nicht, dass etwas Wichtiges übersehen wird.«

Und dafür war ohne Zweifel der Professor zuständig. Er dirigierte den Fotografen in immer neue Positionen, wies ihn an, zwischen Fotoapparat und Videokamera zu wechseln, und ging auf die Knie, um an besonders kniffligen Stellen selbst Hand anzulegen. »Haben Sie nichts

Besseres zu tun, als hier herumzustehen?« Böhm hielt sich dafür, dass er nur eine Nebenrolle spielte, an Pieplow schadlos.

»Ich suche nach möglichen Zeugen. Bisher hat sich …«

»Bisher haben Sie außer belanglosem Kram wenig gebracht. Vielleicht besinnen Sie sich mal darauf, dass Sie hier nicht der Kreisheimatpfleger sind, der nette Geschichten von damals sammelt, sondern dass Sie Vernehmungen in einer polizeilichen Ermittlung durchführen. Also, worauf warten Sie noch?«

Pieplow hätte auf die Uhrzeit hinweisen können. Kurz nach eins, Mittagsruhe. Nicht für ihn, aber für die Alten. Er verzichtete darauf und ging wortlos zu seinem Streifenwagen.

8

Manchmal dringt ein Geräusch zu mir ins Zimmer. Geschirrklappern aus der Küche, Kindergetrappel, ein halblauter Ruf.

Eine wohlige Kulisse für meine Stunde im Sessel. Durch das Fenster kann ich den Garten sehen, die Rosen an der Pforte, ab und zu den Kopf eines Spaziergängers jenseits der Hecke. Ich habe nicht mehr damit gerechnet, dass mir diese friedliche Muße noch einmal genommen wird. Dass ich, anstatt zu dösen, bis Kaffeeduft mich weckt, stocksteif und aufrecht hier sitze, die Finger wie in vergeblichem Gebet ineinander verschlungen, von meinen Gedanken bedrängt. Sie zwingen mich in die Vergangenheit zurück und beschwören vergessen geglaubte Bilder herauf, die von Tag zu Tag deutlicher werden.

Von Clara, wie sie am Hafen auf uns wartete, die Sprenge auf und ab schlenderte und Kunden grüßte, die Zeitungen und Filme bei ihr kauften.

Von Lissi, die immer als Letzte kam. Die karamellblonden Locken aus Band oder Spange herausgerutscht, in einem Laufschritt, der auch abends noch etwas Übermütiges, Unbeschwertes hatte, obwohl sie schwer arbeiten musste. Wasser schleppen und Böden schrubben. Auf Knien, mit Scheuersand und Bürste. Rock und Schürze klebten ihr schon nässeschwer an den Beinen, wenn sie Kartoffeln schälte und Gemüse putzte, bevor mittags der Abwasch begann. Trotzdem war sie die Fröhlichste von uns. Sie lachte gern und knickste artig, wenn sie Gästen begegnete, auch wenn kaum jemand sie zu erkennen schien. Von dem Mädchen, das die Drecksarbeit machte, nahm niemand Notiz, im Hotel nicht und erst recht nicht abends beim Promenieren. Und doch wirkte Lissi immer unbekümmert, voller Energie und Zuversicht. Ganz anders als Clara, die Schweigsame, die oft nur lächelte, wenn Lissi und ich schwatzten oder laut losprusteten.

Trotzdem war Clara nicht die Außenseiterin, die es in Dreiergespannen meist gibt. Das war eher ich, die Unscheinbare, die Tag für Tag in ihrer Stube über Laken und Tüchern und Schürzen saß. Weißnäherin. Heute weiß kaum noch jemand, dass es diesen Beruf überhaupt gab. Zu mir hat er gepasst. Ich war kein Mädchen, das man herzeigen konnte. Kein immer fröhlicher Kobold wie Lissi und gewiss nicht schön und empfindsam wie Clara. Aber ich gehörte dazu, und das genügte.

So oft es ging, und das wird seltener gewesen sein, als meine Erinnerung mir vorgaukeln will, waren wir am Hafen. Sein Rhythmus bestimmte unseren Alltag. Das Aus- und Einlaufen der Boote. Ankunft und Abfahrt der Dampfer. Auf irgendwas wurde dort immer gewartet. Auf die Männer und ihren nächtlichen Fang. Auf das

Postboot. Auf das Abendschiff aus Stralsund, mit neuen Gästen und ganzen Bergen von Koffern, in denen die Damen aus der Stadt die neueste Mode auf die Insel brachten. Dann wurde das Bollwerk zur Bühne. Willkommen und Abschied. Wir gaben die Statisten und stupsten uns manchmal an, wenn ein verrückter Hut oder ein gewagtes Kleid auftauchte. Nur die Männer hatten nichts mit dem ganzen Theater im Sinn. Sie hatten ihre Boote klarzumachen und ihre Netze in Schuss zu halten und keinen Blick für das Gedöns.

Aber als an einem diesigen Herbsttag Friedrich zurückkam, ließen sie Reusen und Netze liegen, um ihn gebührend zu empfangen. Sie umringten ihn, schlugen ihm auf die breit gewordenen Schultern. »Und?«, fragten sie oder »Na, zurück?«. Sie grummelten kurze Begrüßungssätze, kramten ihre Pfeifen aus den Taschen hervor und warteten darauf, dass er ihnen das Wichtigste erzählte, bevor die Frauen aufkreuzten und ihn mit ihrer Gefühlsduselei in Beschlag nahmen.

Viel Zeit blieb ihnen nicht, weil sich die Nachricht wie ein Lauffeuer verbreitete. Bald stürmten die Kinder Richtung Hafen, Friedrichs Brüder allen voran, quer über die Wiesen am Wallweg. Im weichen, verschwimmenden Licht standen wir schließlich um ihn herum. Die Männer rauchend, schon halb wieder abseits, die Frauen in ihren Arbeitsschürzen, gerade so, wie sie aus Stall oder Küche kamen, bis Friedrichs Mutter sich bei ihm einhakte, als sei er ein erwachsener Mann, und ihn mit sich nach Haus zog.

So, mag sie gedacht haben, würde es von nun an sein. Er würde fortgehen, um nach Riga, nach Tallinn oder St. Petersburg zu fahren, und wieder zurückkommen. Zwei, drei Mal im Jahr. Als Matrose, als Bootsmann, und vielleicht, wer weiß, brachte er es tatsächlich bis aufs Achterdeck. Steuermann, Kapitän.

Clara jedenfalls glaubte daran.

Mit jedem Mal, das Friedrich zurückkehrte, wuchs ihre Gewissheit, dass es so bleiben würde. Als gäbe es ein inneres Band, das sie mit scheinbar zufälligen Blicken und Berührungen knüpften, wenn sie sich begegneten. Das von Jahr zu Jahr fester wurde, obwohl sie monatelang getrennt waren. Clara schien den Tag, sogar die Stunde von Friedrichs Ankunft zu kennen. Dabei konnte nicht einmal er selbst genau wissen, wann sein Schiff in Stralsund einlief. Wie lange das Löschen dauerte. Ob am Anleger der Hiddenseer Fischer ein Boot lag, das ihn mit nach Hause nehmen konnte. Und doch kommt es mir heute so vor, als habe sie immer schon am Bollwerk gestanden, wenn das Schiff, das ihn brachte, draußen auf dem Bodden in Sicht kam.

Ein Seemann war nicht das, was Marga Timpe sich für ihre Tochter vorstellte. Und wenn sie nörgelnd und unzufrieden bei uns in der Küche saß, nickte Mutter verständnisvoll.

»Du weißt doch, wie's ist. Seemann, keen Mann. Oder kennst du eine, die glücklich damit ist?«

Mutter schüttelte den Kopf. Sie kannte überhaupt keine, deren Mann auf große Fahrt ging. Nur Fischer,

Bauern, Handwerker, ein paar Wirte. Aber auch deren Frauen waren beileibe nicht alle glücklich.

»Und dann das Gerede! Ich weiß doch, wie sich die Leute das Maul zerreißen. Kein anständiger Mann nimmt eine, die ein Seemann sitzen gelassen hat.« Es grenzte an Verfolgungswahn, wie Marga Timpe sich und ihre Tochter von den Leuten beobachtet fühlte, die weiß Gott andere Sorgen hatten, als sich über Clara und Friedrich den Kopf zu zerbrechen.

»Niemand zerreißt sich das Maul, Marga«, versuchte Mutter sie zu beruhigen. »Und wie kann er sie sitzen lassen, wenn sie noch gar kein richtiges Paar sind? Vielleicht kommt alles ganz anders, als du jetzt denkst.« Das war so dahingesagt, eine Floskel, mit der Mutter das leidige Thema vertagen wollte. Und gewiss hat sie sich nichts dabei gedacht, als Marga mit leidvoll zusammengezogenen Brauen seufzte, der Himmel möge geben, dass es so sei.

Aber bei ihrem Mann, der, wie es sich damals bei uns gehörte, in allem das letzte Wort hatte, stieß sie mit ihren Klagen auf taube Ohren. Ihm schien zu gefallen, dass seine Clara das Zeug zu einer guten Seemannsfrau hatte. Eine, die auf ihren Janmaat warten konnte, ohne zu jammern, und sich freute, wenn er nach Hause kam.

»Abwarten soll ich, ob überhaupt was draus wird!«, ereiferte sich Marga. »Und nachher sitzt das Kind mit allem allein da. Von dem Halbwilden mal abgesehen, der alle paar Monate nach Hause kommt und sich als Ehemann aufspielt!«

Ihrem Mann gegenüber behielt Marga Timpe für sich, was ihr sonst noch auf der Zunge lag, aber Mutter vertraute sie es an. Die versoffene Heuer, die Hurerei in den Häfen. Man wusste doch, wie es unter Seeleuten zuging.

9

Das Läuten des Telefons riss Pieplow aus kurzem Schlaf. »Mahlzeit, Herr Polizeipräsident!« Unverkennbar Benzlaus anstrengender Humor. »Ich erhalte durch die Tagespresse gerade Kenntnis von Ihrer umfänglichen Ermittlungsarbeit und wollte mich nur erkundigen, wann bei mir das Fundament gesprengt wird.«

Pieplow nahm die Füße vom Tisch, ließ den Kopf ein paar Mal kreisen, um zu sich zu kommen, und schlug einen polizeipräsidialen Ton an. Befehlsgewohnt, entschlussfreudig und jovial im Dialog mit einem prominenten Medienvertreter. »Guten Tag, verehrter Herr Benzlau. Morgen, spätestens übermorgen, nehme ich an, werden wir die Sprengung durchführen«, flachste er und massierte sich die Nackenseite, die den Schlaf im Sessel besonders übel genommen hatte.

»Wunderbar! Da kann ich meinen Gästen ja endlich mal was Aufregendes bieten.«

»Mal sehen, was sich machen lässt.« Pieplow klaubte Notizbuch und Namensliste vom Boden auf. Während er geschlafen hatte, mussten sie ihm aus den Händen geglitten sein. Er legte sie auf den Tisch und entschied, mit einem starken Kaffee etwas gegen seine Restmüdigkeit zu tun. Er ging in die Küche, den Hörer zwischen Unterkiefer und hochgezogene Schulter geklemmt, und hantierte mit Wasserkocher und Filter.

»Ich bitte darum! Freitag im Laufe des Nachmittags trudeln wir ein. Du weißt also Bescheid.« Benzlau hatte es sich zur Gewohnheit gemacht, seinen Mieter rechtzeitig zu warnen, wenn wieder mal Schluss war mit Einsamkeit und Inselstille. »Aber Scherz beiseite, Daniel. Wisst ihr inzwischen, wen ihr da ausgegraben habt?«

»Woher? Wir sind schon froh, dass es wenigstens noch ein paar halbwegs verlässliche Zeitzeugen gibt, die aber leider auch nicht die geringste Ahnung haben, wer das sein könnte. Von der Familie fehlt keiner, von unaufgeklärten Vermisstenfällen weiß niemand etwas, und der Tote schweigt sich gründlich aus. Nichts mit ›Letzter Zeuge‹ und ›Sprache der Toten‹ und was ihr sonst noch so Geniales in euren Krimis habt.«

»Wart's ab, Sheriff! Benzlau denkt mit, und du bist mir vielleicht noch mal dankbar dafür.« Benzlau machte eine Kunstpause, die Pieplow wortlos verstreichen ließ, weil er sich darauf konzentrierte, Kaffee zu kochen, ohne dass ihm das Telefon herunterfiel. »… Bildmaterial?« verstand er gerade noch, bevor der Hörer zu Boden glitt und auf den Fliesen aufschlug. Als er ihn wieder am Ohr hatte, war die Leitung tot.

Welches Bildmaterial? Vom Fundort? Den Bergungsarbeiten? Dem Toten?, grübelte Pieplow und wollte nicht glauben, dass Benzlau versuchte, über ihn an Informationen und Bilder heranzukommen, die nicht für die Öffentlichkeit bestimmt waren.

* * *

Eine kleine Schiffsglocke neben der Tür ersetzte die Klingel. Darüber ein blankes Messingschild. In den dunklen Vertiefungen der Frakturbuchstaben schimmerten helle Reste von Polierpaste.

Gröning. Kein Titel, kein Vorname.

Trotzdem wusste Pieplow, mit wem er es zu tun hatte, wenn die Eigentümerin des Hauses die Tür öffnete. Professor Doktor Luise Gröning. Der Name, den er seiner Liste hinzugefügt hatte, als er in den Gesprächen mit den Alten immer öfter fiel. Luise sei nett, versicherten seine Gesprächspartner. Wirklich. Praktisch auf Hiddensee aufgewachsen und jetzt auch ungefähr achtzig. Sorgen, dass sie komisch sei oder so, brauche er sich ganz bestimmt nicht zu machen. Obwohl es ja vorkomme, dass der Beruf irgendwie abfärbt, nicht wahr? Bei Luise nicht. Jahrelang Chefin in der Klapsmühle und keine Spur von verrückt.

Pieplow hatte den Klöppel so zögerlich gegen das Metall schwingen lassen, dass er befürchtete, im Haus nicht gehört zu werden. Gerade als er sich mit lauterem Gebimmel bemerkbar machen wollte, drehte sich ein Schlüssel in der schweren dunklen Holztür. Mit zwei Rückwärtsschritten schuf Pieplow rücksichtsvolle Distanz. Niemand schätzt es, wenn er seine Tür öffnet, Nasenspitze an Nasenspitze einem Fremden gegenüberzustehen. Einem Polizisten schon gar nicht. Außerdem fühlte Pieplow sich wohler, wenn zwischen ihm und so einer Seelenklempnerin ein gewisser Sicherheitsabstand lag.

»Frau Professor Dr. Gröning?«, vergewisserte er sich, als die Haustür aufschwang und eine schlanke Weißhaarige ihn aus ausdrucksvollen Augen ansah. Interessiert, freundlich, den Kopf leicht zur Seite geneigt.

»Die bin ich. Und Sie sind Wachtmeister Pieplow, wenn ich nicht irre.« Sie wechselte den Gehstock in die linke Hand und streckte ihm die rechte entgegen, mit der sie gleichzeitig abwinkte, als er seinen Dienstgrad richtigstellte. Polizeiobermeister. »Wenn Sie wüssten, wie schnurz mir das ist. Wir werden uns ja wohl nicht mit unseren Titeln anreden wollen. Ich bin Luise Gröning, und gut. Alles andere ist für mich nur gespreiztes Getue.« Sie machte kehrt und ging ins Wohnzimmer. Am Durchgang zur Küche blieb sie stehen. »Es ist Teezeit, finde ich. Möchten Sie auch?«

»Gern, danke.« Pieplow nickte höflich, obwohl seinem Magen der Kaffee noch zu schaffen machte, den er aus Ärger über Benzlau zu schnell und zu heiß getrunken hatte.

»Dann stellen Sie den doch schon mal auf den Tisch.« Sie hob ein kariertes Tuch von einem Keramikteller und reichte ihn Pieplow. »Apfelkuchen. Ganz frisch und selbstgebacken. Allerdings nicht von mir.«

Verstohlen sah sich Pieplow im Wohnzimmer um, während Luise Gröning mit Kanne und Tassen hantierte. Eine bewohnte Bibliothek. Bücher vom Boden bis zur Decke, rechts und links der Tür bis zu den zimmerhohen Doppelfenstern. Aufgeschlagen auf dem Tisch neben der Chaiselongue, in Stapeln auf dem Boden vor den Regalen, auf einem Teewagen neben dem schneeweißen runden Kachelofen. Ein ganzes Regal mit weiß-blauen Medizinbüchern, wie er sie aus Schrankwänden hinter Ärzteschreibtischen kannte. »Psychopathologie«, las Pieplow, »Forensische Psychiatrie«, »Abnorme Persönlichkeiten«. Wieder einmal machte er sich Gedanken darüber, wie wenig verlockend andere Berufe waren.

»In unserem Gespräch wird es um den Leichenfund am Schlesinger-Haus gehen, nehme ich an.« Keine Frage, nur eine einleitende Feststellung. Pieplow nickte. »Ich habe mir gedacht, dass Sie irgendwann kommen, und mich vorbereitet, damit Sie Ihre Zeit nicht unnütz verplempern. Es geht um das Jahr 1939, wenn ich richtig informiert bin, und gerade darüber kann ich Ihnen nichts sagen. Meine Familie ist Weihnachten 1938 emigriert.«

»Ach«, machte Pieplow und stellte unwillkürlich seine Teetasse auf den Tisch zurück, als sei er hinauskomplimentiert worden.

Luise Grönings Blick folgte seiner Bewegung. »Was nicht heißen muss, dass ich Ihnen gar nicht weiterhelfen kann«, sagte sie. »Man erfährt so manches, wenn man gut zuhört und beobachtet. Und das kann ich. Es ist schließlich mein Beruf. Oder war es, um genau zu sein.« Pause. Luise Grönings Augen ließen von Pieplow ab.

Zwei Stück Zucker, Tee umrühren. Zeit genug, um ihn bemerken zu lassen, wie angespannt er war.

»Wir, das heißt, meine Eltern, meine Geschwister und ich, sind 1938 von einer Weihnachtseinladung nach London nicht zurückgekommen«, fuhr sie fort. »Mein Vater war, ebenso wie ich später, Nervenarzt. Sie können sich vielleicht vorstellen, vor welcher Art von Arbeit er fliehen wollte, als durchsickerte, dass in der Reichskanzlei die Vernichtung seiner Patienten geplant wurde.« Sie registrierte Pieplows ernstes Nicken und trank einen Schluck Tee. »Der Sommer 1938 war also für lange Zeit unser letzter auf Hiddensee, das wir so trostlos wie nie zuvor fanden. Maschinenlärm statt Möwengeschrei, Dreck und Steine, über die in tausend Jahren kein Seegras wachsen würde. Und überall die Horden der ›Bewegung‹, wie sie im Takt ihrer furchtbaren Lieder über die unschuldige Insel trampelten. Nur wer dachte wie sie, wer mitlief, konnte sich wohl fühlen. Sonst vielleicht noch die Blinden und Dummen, zu denen mein Vater aber nun ganz gewiss nicht gehörte. Deswegen vergrub er sich in seine Bücher, wanderte nicht mehr wie sonst ganze Tage lang über die Insel, ging überhaupt nirgendwo mehr hin, nicht einmal in die Kirche. Sein tägliches Bad im Meer nahm er kurz nach Sonnenaufgang und brachte danach den Tag herum, ohne den Garten zu verlassen. Ein einsamer Mann, der schlecht schlief und deshalb stundenlang dort drüben am Fenster saß, als warte er auf das Ende der Nacht.« Sie stand auf, griff nach ihrem Stock und trat an das Fenster, von dem sie sprach. Auf Glasböden zwischen den Doppelscheiben schien Strandgut im Licht zu schweben. Bernstein, manche Stücke kinderfaustgroß, wie man sie früher noch häufiger finden konnte. Hühnergötter und hell gewaschene Treibholzskulpturen, denen das Meer ihre sanften, weichkantigen Formen gegeben hatte. »Und weil er hier saß«, knüpfte sie an, wo sie sich unterbrochen hatte, »sah er die junge Frau, von der ich Ihnen erzählen will. Sie kam aus dem Wald dort oben. Es war zwei, vielleicht halb drei in der Nacht und so dunkel, wie es im Juni hier nur in mondlosen Nächten wird. Anfangs, als sie noch weit entfernt war, glaubte mein Vater, ein Stück Wild entdeckt zu haben, das sich vorsichtig ins freie Gelände vortastete. Irgendwann holte er jedoch sein Fernglas und hatte bald keine Zweifel mehr, dass er kein furchtsames Tier, sondern einen Menschen beobachtete. Einen Menschen, der sich vorwärtsschleppte, stürzte, sich aufrappelte, wieder zusammenbrach und schließlich liegen blieb.«

Luise Gröning war an dem Fenster stehen geblieben, durch das man vor fast siebzig Jahren einen weiten Blick über das Hochland gehabt haben musste. Heute waren hinter einem hohen Heckendickicht aus Sanddorn und Rosen nur die Kronen von Birken zu sehen, die kaum mehr als zwanzig Jahre dort standen. Aber Luise Grönings Erzählung ließ vor Pieplows innerem Auge das Bild der sanft ansteigenden Hügel entstehen. Die Vorstellung einer Sommernacht, deren kurze Dunkelheit das Leuchtfeuer in gleichmäßigem Takt durchbricht.

Und in dieser Nacht, irgendwo dort oben zwischen den Hügeln, ein Mädchen, das wie ein gefangenes Tier um sich schlägt. Das zu fliehen versucht, und, als es gehalten und getragen werden soll, seinem Retter das Gesicht zerkratzt. Das ganz plötzlich ohne allen Widerstand ist, dessen Arme erschlaffen und kraftlos herabhängen, dessen Kopf gegen die Schulter mit dem kratzigen, hastig über den Schlafanzug gezogenen Pullover sinkt und ihn mit Blut beschmiert.

»Erst hier in diesem Zimmer kam sie wieder zu sich. Niemand durfte ihr nahe kommen, niemand sie berühren. Auch meine Mutter nicht, die das Blut abwaschen und die Wunden versorgen wollte.« Luise Gröning war auf dem Weg zurück zu ihrem Platz mitten im Raum stehen geblieben. Ihr Blick wanderte über Pieplows Kopf hinweg zur Tür, am Tisch vorbei zur Couch und hinüber zu einem Sessel, in dem ein Stapel Zeitschriften lag. Pieplow hatte das Gefühl, dass sie Bewegungen und Geräuschen im Raum folgte, die nur sie wahrnehmen konnte.

»Ist sie … war sie …« Er musste sich räuspern. Seine Beklommenheit hatte sich ihm auf die Stimme gelegt. »Ich meine, was war geschehen? Ist sie überfallen worden?«

»Das kann man wohl sagen.« Luise Gröning klang bitter. »Ich bin davon überzeugt, dass sie brutal vergewaltigt worden war. Ich habe später viele ähnliche Verletzungen gesehen. Zerschundene Gesichter, Platzwunden, eingerissene Mundwinkel, zugeschwollene Augen. Aufgeschürfte Arme und Beine, an denen geronnenes Blut klebt. Und wie dieses Mädchen hat noch manche behauptet, gestürzt zu sein.«

Pieplow wusste, wovon sie sprach. Seit er auf der Insel war, hatte er solche Angstlügen praktisch nicht mehr gehört. Aber er erinnerte sich nur zu gut, wie es ihm in seinen ersten Dienstjahren in Rostock zugesetzt hatte, dass die Frauen lieber zu leiden schienen, als ihren Peiniger anzuzeigen.

Auch Luise Gröning war tief in Gedanken versunken. Erst nach einer Weile nahm sie den Gesprächsfaden wieder auf. »Damals, in dieser Mittsommernacht, beruhigte sich das Mädchen erst, nachdem es genug von dem Tee getrunken hatte, den mein Vater ihr reichte.« Ein kleines, verschwörerisches Lächeln huschte über das Gesicht der Ärztin. »Laudanum, nehme ich an. Mein Vater schwor auf ein paar Tropfen Laudanum in solchen Situationen.«

Pieplow murmelte etwas, das nach »Aha« oder »Ach so« klingen sollte. Er wusste über Laudanum nur, dass es in Romanen vorkam, deren Handlung mindestens ein Menschenalter zurücklag, und dass es etwas mit Opium zu tun hatte. »Und? Haben Sie erfahren, was geschehen war?«

Luise Gröning wiegte langsam den Kopf, als erlebte sie die Ratlosigkeit jener Nacht noch einmal. »Nichts. Sie war überflutet, wie vollgesogen mit Angst. Die Bedrohung umgab sie wie eine düstere Aura, so als hinge alles, wirklich alles davon ab, dass es bei der Geschichte vom Sturz oben im Wald blieb.«

Sie hatten sie gehen lassen. Nicht nur, weil sie es so wollte, sondern weil der Arzt und seine Frau nicht daran glaubten, dass der jungen Frau Gerechtigkeit widerfahren könnte. Sie war schuldig geworden, indem sie sich greifbar gemacht hatte. Die Hure, die Hexe, die das Böse in einen anständigen Mann trieb, ihn um den Verstand brachte.

»Was ist aus ihr geworden?«, fragte Pieplow.

Luise Gröning hob die Schultern und ließ sie langsam wieder sinken. »Viel weiß ich nicht. Als wir 1946, also acht Jahre später, das erste Mal wieder hier waren, lebte sie schon in Stralsund. Ihr Mann stammte von dort. Ich meine, er hat auf der Bunkerbaustelle am Enddorn gearbeitet und wurde bei Kriegsbeginn abgezogen.«

Es war Pieplow nicht entgangen, dass etwas Wichtiges fehlte. Trotz aller Eindringlichkeit der lange zurückliegenden Bilder, trotz ihres offensichtlichen Bemühens, ihn hören und nachempfinden zu lassen, was die Menschen in diesem Raum damals erlebten, sprach Luise Gröning immer nur von dem Mädchen. Von der jungen Frau, für die mehr als ihr Leben davon abzuhängen schien, dass niemand erfuhr, was geschehen war. Gerade so, als sei sie nie dort oben im Wald gewesen, wie ein verirrtes Tier von der Herde abgesprengt und in ein Verderben gelaufen, das sie zu vernichten drohte.

Er konnte sich nicht entschließen, nach dem Namen des Mädchens zu fragen.

Er spürte ein Prickeln wie von kurzgeschlossenen Drähten auf Hals und Schulter und hantierte wortlos mit Teekanne und Tasse. Ließ Zuckerwürfel hineingleiten und konzentrierte sich darauf, wie sie in der bernsteingoldenen Flüssigkeit versanken. Rührte so vorsichtig um, als habe es eine magische Bedeutung, dass Löffel und Tasse nicht klimperten.

Je länger er rührte und auf den hell schimmernden Punkt in der Mitte des Strudels starrte, desto klarer wurde ihm, dass er nicht derjenige sein wollte, der ans Licht zerrte, was so lange verborgen geblieben war. Er wollte keine Löcher in die Deckung reißen, hinter der diese Frau Schutz gesucht und wohl auch gefunden hatte.

Als er aufsah, begegneten seine Augen dem ernsten Blick, mit dem Luise Gröning ihn musterte. Bevor er sprach, setzte er die Tasse ab, lehnte sich im Sessel zurück und stellte fest, dass die Anspannung von ihm gewichen war. «Ich muss nach ihrem Namen fragen.«

»Ich weiß.« Luise Gröning nickte. »Aber ich muss Ihnen nicht darauf antworten. Ich werde ihren Namen für mich behalten, weil er Ihnen nichts mehr nützen kann. Die Frau lebt schon lange nicht mehr, und ich bin davon überzeugt, dass sie mit niemandem über das gesprochen hat, was damals geschehen ist. Warum also ihren Kindern sinnlose Fragen zumuten?«

»Trotzdem haben Sie mir das alles erzählt. Ich nehme an, weil Sie glauben, es könnte Bedeutung für unsere Ermittlungen haben.«

»Die Möglichkeit besteht doch, oder sehen Sie das anders?« Es klang fast ein wenig amüsiert, wie Luise Gröning fragte. »Zwei Gewalttaten in räumlicher und zeitlicher Nähe. Nicht etwa in der Großstadt, wo so etwas alle naslang passiert, sondern hier in dieser Idylle.«

»Schon, aber … Vorausgesetzt, es gibt diese Bedeutung – welche Beweise können wir dafür noch finden? Und es ist ja wirklich niemandem damit gedient, wenn wir uralte Geschichten aufwühlen, von denen am Ende nichts bleibt als dunkle Gerüchte und übles Gerede.« Pieplow dachte an Böhm, der solche Skrupel bestenfalls albern finden und ohne Umwege auf sein Ziel lospreschen würde. Ohne Rücksicht und ohne Zweifel an dem, was er tat.

»Ich sehe, wir verstehen uns«, stellte Luise Gröning zufrieden fest. »Ich wollte nichts verschweigen, was Ihnen vielleicht weiterhilft, aber auch nichts aussprechen, womit ich Schaden anrichte. Mir scheint, bei Ihnen ist dieses Dilemma gut aufgehoben.« Als habe sie seine kleinlauten Gedanken gelesen, ergänzte sie mit einem Lächeln: »Keine Sorge, ich kenne mich mit Hierarchien aus, das können Sie mir glauben. Und ich weiß, dass Sie Ihre Berichte zu schreiben haben. Sollte mich also jemand fragen, haben Sie in der letzten Stunde einer alten Irrenärztin Gesellschaft geleistet. Sonst nichts. Es sei denn, Sie haben noch Fragen, die ich beantworten soll.«

Pieplow schüttelte den Kopf. »Ich denke, nicht.« Ihr Vertrauen schmeichelte ihm, auch wenn er nicht wusste, womit er es verdient hatte.

Die Sonne war mittlerweile hinter die Baumkronen gewandert, durch die Wipfel sickerte unruhiges Licht in den Raum. Der Tee stand kalt und ölig in den Tassen, zwischen die Pieplow das Foto vom *Dornbusch* legte. Luise Gröning erkannte die Schlesingers sofort. Sogar an die Namen der erwachsenen Kinder erinnerte sie sich. Herbert, Horst, Victoria und Richard, der Jüngste. Aber als Pieplow nach dem Mädchen fragte, das oben rechts an der Treppe stand, halb abgewandt von der Familie, schüttelte sie den Kopf. Ein Zimmermädchchen, das sah man doch an Haube und Schürze. Was sollte mit ihr gewesen sein?

»Unbekannt« notierte Pieplow und auch, dass Luise Gröning über den Ingenieur nicht mehr wusste, als dass er ein großer, gutaussehender Mann gewesen war. Brillenträger, wenn sie sich richtig erinnerte.

* * *

Alle schweren Geräte waren fort. Dort, wo am Morgen das Gestell mit dem Transportbehälter für das Skelett gestanden hatte, lagen jetzt nur noch einzelne Bretter, die nicht mehr gebraucht wurden. Die Scheinwerfer wirkten in der heraufziehenden Dämmerung viel greller als in der Tageshelligkeit. Ihr Licht schnitt ein großes, kaltes Rechteck aus den weichen Konturen des Gartens, der Pieplow nach dem Trubel des Vormittags fast verlassen vorkam. Es wurde zwar noch gearbeitet, aber am Tor war niemand mehr, der neugierig herumlungerte. Nirgendwo ein Polizist, weder in Uniform noch in Zivil. Nur die vier Männer in ihren längst nicht mehr weißen Schutzanzügen krochen noch in der Grube herum. Gesprochen wurde nicht, nur unverdrossen geschabt und gesiebt. Wie Goldgräber auf der Jagd nach dem allerletzten Nugget, ging es Pieplow durch den Kopf.

Die Kostbarkeiten, die sie zutage förderten, landeten in Schachteln und Kästchen. Jedes beschriftet mit Zahlen und Buchstaben, auf die sich Pieplow keinen Reim machen konnte. Wie zu einem riesigen Setzkasten geordnet, standen sie auf einem großen Tisch, über den sich, die Hände auf dem Rücken verschränkt, der Professor beugte. Bisweilen löste er eine Hand aus der Verschränkung, um ein Gefäß zu schütteln, etwas herauszunehmen und es durch eine tellergroße Lupe genauer zu betrachten. Er schien so versunken in seine Arbeit, dass Pieplow fürchtete, ihn zu erschrecken, wenn er sich ohne Vorankündigung neben ihn an den Tisch stellte.

»Herr Professor?«, rief er deswegen halblaut schon aus einigen Metern Entfernung. Trotzdem blinzelte der Professor so lange verwirrt in die Dunkelheit, bis Pieplow ins Licht trat.

»Ah, unsere Wachablösung! Ist es denn schon so spät?«

Für den Professor mochte es spät sein, für Pieplow fing eine weitere Nachtschicht kurz nach sieben reichlich früh an. Blieb nur zu hoffen, dass die Graberei morgen ein Ende hatte und das Haus dann wenigstens provisorisch verschlossen werden konnte. Nach dem Besuch bei Luise Gröning war ihm gerade genug Zeit geblieben, den Fahrdienst für Kästner zu absolvieren und sich auf dem Rückweg im *Hiddenseer* ein Abendessen zu gönnen. Jetzt stand ihm der Sinn nach ein, zwei Bieren und einem ungestörten Feierabend in den eigenen vier Wänden, in denen er noch zwei Nächte Ruhe hatte, bevor Benzlau seine berühmte Stimmung in die Bude brachte.

»Kommen Sie, mein Guter!« Der Professor winkte Pieplow zu sich herüber. »Schauen Sie sich unsere Entdeckungen noch an, bevor alles bei der Kriminaltechnik verschwindet.«

Auf den ersten Blick schien der Inhalt der Schachteln nichtssagend. Schwarzgraues Granulat, das eine oder andere größere Bröckchen darunter. Ein paar kleine Stücke, die nach Muschelbruch aussahen. Der Professor schob einzelne Krumen vorsichtig mit einer Pinzette hin und her.

»Was sagen Sie dazu?« Er sah Pieplow erwartungsfroh an.

»Muschelstücke?« Pieplow war schleierhaft, worin, keine zweihundert Meter vom Strand entfernt, das Besondere dieses Fundes liegen sollte.

»Richtig! Aber keine, die Sie hier mal eben aufsammeln können. Diese hier …«, das helle Stückchen schwebte zwischen den Pinzettenspitzen ins Licht und unter die Lupe, »… kommt aus südlicheren Gefilden. Afrika vielleicht, oder Asien. Die Perlmuttschicht unserer heimischen Muschelarten ist nämlich zu dünn für Knöpfe.«

Als sei das Erklärung genug, legte der Professor den unscheinbaren Splitter zurück, bevor Pieplow mit eigenen Augen hätte erkennen können, dass oder warum es sich um den Teil eines Knopfs handelte. Hätte er danach suchen müssen, wäre es ihm sicher ebenso entgangen wie die kleinen metallenen Ringe, die der Professor als die Schnürsenkelösen von Schuhen identifizierte. Immerhin hätte er die Gürtelschließe wohl nicht übersehen, auch die Krawattenklammer nicht oder die Münzen, die sich dunkel vom Boden einer hellen Schachtel abhoben.

»Zusammenfassend lässt sich also Folgendes sagen …« Der Professor wandte sich zu Pieplow um und ließ ihn in den Genuss einer Privatvorlesung kommen. »Der Tote war ein relativ großer Mann noch unbestimmten Alters. Ob wohlhabend, wissen wir noch nicht, dafür müssen wir noch mehr über ihn in Erfahrung bringen, aber höchstwahrscheinlich nicht arm. Kein Seil oder Gurt im Hosenbund, sondern ein Gürtel feinerer Machart. Keine Holzpantinen, sondern solides Schuhwerk. Vollständiges Gebiss, soweit ich bisher sehen konnte. Brillen- und Schlipsträger …«

»Woher wissen Sie das?«, unterbrach Pieplow ihn harscher als beabsichtigt.

»Weil wir die Krawattennadel …«

»Nein, woher wissen Sie, dass er eine Brille trug?«

»Nun ja, wissen ist vorerst vielleicht zu viel gesagt. Aber ich bin mir eigentlich ziemlich sicher, dass dies hier Teil eines Brillenglases ist.« Er fischte ein erdiges Bruchstück aus einem der Behälter und legte es unter die Lupe. Ein schmaler Streifen war oberflächlich gereinigt und ließ eine Glasscherbe erkennen. »Sehen Sie die Bruchkanten?«

Pieplow nickte.

»Die dritte Seite des Splitters ist abgerundet und das Glas verhältnismäßig dünn. Deswegen vermute ich, dass es Teil eines Brillenglases ist. Nur müsste dann eigentlich auch das Gestell irgendwo sein.«

Soweit Pieplow feststellen konnte, gab es unter den Fundstücken nichts, was auch nur annähernd so aussah.

»Aber genau wissen wir das erst, wenn die Untersuchung bestätigt, dass es ein optisches Glas ist.«

Groß, gutaussehend, Brillenträger, hatte Luise Gröning gesagt … Pieplow starrte gedankenverloren vor sich hin.

»Es wäre schön, wenn Sie mich in Ihre Überlegungen einweihen, mein Lieber. Natürlich nur in solche, die meine Arbeit betreffen.« Der Professor sah Pieplow auffordernd an.

»Nein. Das heißt, ich weiß nicht … Eine Zeugin glaubt sich zu erinnern, dass dieser Roloff Brillenträger gewesen ist.«

»Mmhm, tja.« Der Professor spitzte die Lippen und zog die Augenbrauen hoch. »Wenn diese Zeugin ein so gutes Gedächtnis hat, dann fragen Sie sie doch mal nach den Parteiämtern des Herrn.«

Die Hand des Professors steuerte auf die Kästchen mit den Münzen zu, nahm die größte heraus und hielt auch sie unter das Vergrößerungsglas. Überdeutlich sah Pieplow Poren, Altersflecken und weiße Härchen auf dem Handrücken des Professors, bevor er sich auf die Metallscheibe konzentrierte.

Keine Münze, erkannte Pieplow. Ein weißes Schild, aus dessen Mitte schwarze rechte Winkel dem roten Rand zustrebten. Davon hatte es Millionen gegeben, und er verstand nicht, warum der Professor diesem hier eine besondere Bedeutung beizumessen schien. »Ich dachte, damals hat jeder Zweite so ein Ding getragen und nur die wenigsten hatten auch irgendwelche Ämter.«

»Nicht denken! Gucken!«, mahnte der Professor, während er vorsichtig die Schmutzkruste am Rand des Abzeichens zu lösen versuchte. »Das gewöhnliche Parteiabzeichen zeigt das Hakenkreuz auf weißem Grund mit rotem Rand, nicht wie bei diesem auch noch mit goldenem Eichenkranz. Das war damals ein besonderes Bonbon, mein lieber Pieplow. Ein ganz besonderes!« Es gelang ihm, angewidert und triumphierend zugleich zu klingen.

»Und Sie glauben, das bringt uns irgendwie weiter?«, fragte Pieplow skeptisch.

»Wer weiß? Wenn wir Glück haben, passt eins zum anderen, und schon wissen wir, welchen Goldfasan wir hier ausgegraben haben. Sobald …«

»Goldfasan?«, hakte Pieplow nach.

»Kennen Sie das nicht? So wurden die Träger des goldenen Parteiabzeichens genannt. Natürlich nicht offiziell, sondern, sagen wir mal, im Volksmund. Und die Gravur auf der Rückseite wird auch etwas zu bedeuten haben.« Er drehte und kippte das Abzeichen so lange unter dem

Vergrößerungsglas, bis Pieplow sah, worüber er sprach. Die erste Zahl eine Sieben, so viel ließ sich erkennen, von der zweiten nur der Rest einer bauchigen Rundung. Drei? Sechs? Acht? Unmöglich, sie unter dem schmutzigen Belag zu entziffern. »Sobald die Kriminaltechnik den Dreck entfernt und die Gravur lesbar gemacht hat, kann sich unser Herr Böhm ins Studium der Geschichte stürzen und herausfinden, was es damit auf sich hat.«

Sie grinsten sich an. Der Professor ganz ungeniert, Pieplow ein bisschen zurückhaltender. Schön wär's, dachte er, wenn gerade Böhm seine Zeit mit etwas so Unspektakulärem wie dem Stöbern in Archiven und alten Verzeichnissen zubringen müsste.

Zwei Stunden später kreisten Pieplows Gedanken immer noch um das Abzeichen. Polierten es blank, bis es vor seinem inneren Auge weiß und schwarz und rot glänzte, umrandet vom goldenen Eichenkranz. Eine gestochen scharfe Gravur auf der Rückseite. Wem war es verliehen worden, und wofür?

Wahrscheinlich gehörte es dem Opfer. Hatte an dessen Revers gesteckt, hatte den Verfall überdauert, das Vergehen von Haut und Fett und Muskeln, um eines Tages zwischen die nackten Knochen des Brustkorbs zu wandern.

Und wenn nicht? Was, wenn der Täter es verloren hatte? Weil es ihm im Kampf abgerissen wurde? Weil es sich löste, als die Grube geschaufelt und der Leichnam hineingewuchtet wurde?

Pieplow versuchte, sich abzulenken. Ohne Erfolg. Es

nützte nichts, dass er sich aus dem zerschlissenen seegrünen Sessel hochstemmte, einen Rundgang durchs Erdgeschoss machte und, zurück in der staubigen Stube, die Buchrücken im Regal studierte, ohne die Titel wirklich zu lesen. Schließlich hockte er vor der Vitrine, um das schwarzbraun marmorierte Album hervorzuziehen. Aber so sorgfältig er auch jedes einzelne Foto betrachtete, er fand weder einen Hinweis darauf, dass einer der Schlesingers Träger des Abzeichens gewesen war, noch entdeckte er irgendwo den großen, gutaussehenden Brillenträger, nach dem er eigentlich suchte.

10

Es gibt eine Fotografie, die uns drei vor Lissis Elternhaus zeigt. Es stand dort, wo heute die Bettenhäuser des *Seeblick* verrotten, auf einer baumlosen, struppigen Wiese mit kaum genug Gras für die eine Kuh, die alle paar Stunden umgepflockt wurde. Ein niedriger Zaun umgab das kleine Haus, dem man ansah, dass seit langem das Geld für einen vernünftigen Anstrich fehlte.

Was für uns Armut war, galt bei den Fremden als malerisch. Auch für den sonderbaren Fotografen, der jedes Jahr im Sommer schräg gegenüber bei Schluck logierte, um dann mit seiner sperrigen Ausrüstung über die Insel zu ziehen und die alleralltäglichsten Dinge zu fotografieren. Steine zum Beispiel, oder Bäume. Wellen. Nie waren Menschen auf seinen Bildern, mit denen er es angeblich zu einiger Berühmtheit gebracht hatte. Ich weiß nicht, warum er ausgerechnet bei uns eine Ausnahme machte. Aber er tat es und schenkte jeder von uns einen Abzug auf festem teegelbem Karton. »Drei Meerjungfrauen« hatte er mit schwarzer Tinte auf die Rückseite geschrieben, darunter die Jahreszahl. »1937«.

Ein Glücksjahr, dachten wir, in dem nur Gutes passiert.

Zum Beispiel, dass Lissi nicht mehr bei Freese arbeitete, sondern als Zimmermädchen im *Dornbusch*. Es machte ihr nichts aus, schon im Morgengrauen an den Wiesen entlang nach Kloster zu laufen und oft erst spät am Abend zurück nach Vitte. Sie gefiel sich mit Schürze und Häubchen und freute sich, wenn die Herrschaften, für die sie die Betten machte und Waschgeschirre leerte, ihr ab und zu ein paar Pfennige zusteckten. Die Gäste wussten zu schätzen, dass sie ihre Arbeit gern tat, und im Überschwang der Sommerlaune konnte es vorkommen, dass man sie aufforderte, ein Glas von der gekühlten Limonade mitzutrinken, die sie zur gewünschten Zeit an den Strand trug. Oder man drückte ihr eine Boccia-Kugel in die Hand, damit sie sich mit ein paar Würfen versuchte. Was nicht hieß, dass die Grenzen sich auflösten. Sie verschwammen nur manchmal, und Lissi war unbeschwert genug, dabei mitzutun. Trotzdem blieb sie auf der Hut. Sie wusste, dass neben jedem ausgelassenen Gast einer lauern konnte, der an ihrer Unbefangenheit Anstoß nehmen und sich beschweren würde, und dafür wollte sie keinen Anlass geben.

Daran hat sie entweder nicht gedacht oder vielleicht nur zu lange gezögert, als Richard Schlesinger ihr begegnete.

»Erlauben Sie, dass ich Sie ein Stück begleite?«, fragte er formvollendet mit der Andeutung einer Verbeugung.

»Warum nicht?«, antwortete sie, weil sie nicht wusste, was sie sonst hätte sagen sollen, ohne unhöflich zu sein. Und ein bisschen wohl auch, weil er an der Wegbiegung auf sie zutrat, wo sie den Baracken am nächsten war. Von dort drang das Grölen der Männer herüber, die auch nachts ihre Stimmen nicht dämpften, mit denen sie tags über den Lärm der Baustelle hinwegbrüllten. Sie war jedes Mal froh, wenn sie dieses Stück ihres Heimwegs hinter sich gebracht hatte, ohne von jemand bemerkt worden zu sein.

Sie kannte Richard Schlesinger. Sein schüchternes Lächeln, seine linkischen Bewegungen, für die seine lauten, zackigen Brüder nur Spott übrig hatten. Also, warum nicht?

Ein rechtes Thema, über das sie auf ihrem Weg hätten reden können, fanden sie nicht. Das Wetter: warm und hochsommerlich. Der Strand: noch voller als im Jahr zuvor. Der Himmel: hoch und weit und sternenübersät wie jedes Jahr im August.

»Ja, dann«, sagte Lissi, als sie ein gutes Stück vorm Norderende stehen blieb und ihm die Hand gab. »Schönen Dank auch für Ihre Gesellschaft.« Erleichtert stellte sie fest, dass er verstand, was sie eigentlich meinte: Bis hierher mochte es angegangen sein, dass er sie begleitete, aber sobald die ersten Vitter Häuser auftauchten, musste Schluss damit sein. Zu schnell geriet ein Mädchen in Verruf. Erst recht eins von hier, das sich mit einem Sommergast einließ.

Dabei blieb es. Auch beim nächsten und übernächsten Mal hielten sie sich daran und näherten sich dem Dorf nicht weiter als an diesem ersten Abend. Wann immer es möglich war, wartete er an der Wegbiegung.

Dann gingen sie nebeneinander her. Nur manchmal berührten sich wie zufällig ihre Arme.

Er fragte nach ihrer Familie. Sie tastete sich mit Geschichten von den Geschwistern vor. Von den Zwillingen, die aber so verschieden waren wie Schwestern nur sein konnten. Dunkelhaarig und kiebig die eine, die andere blond, mit einer wilden Mähne wie Lissi, aber sanft und verträumt und schnell in Tränen aufgelöst. Von den Brüdern, die Fischer werden wollten, wie es der Vater gewesen war, und schon jetzt geschickter mit Ruder und Aalschnüren hantierten als mit Schiefertafel und Griffel.

Er lächelte, das konnte sie trotz der Dunkelheit sehen und auch, wie sein Gesicht sich veränderte, als sie fragte, was er werden wolle.

Ornithologe, sagte er und wirkte dabei viel entschiedener, als sie es von ihm kannte. Und auch wenn sie sich wunderte, dass es ein richtiger Beruf sein sollte, Vögeln beim Fliegen und Nisten und Brüten zuzusehen, hörte sie ihm gern zu. Seine Stimme klang dunkel und sicher, während er ihr erklärte, worüber sie sich noch nie Gedanken gemacht hatte. Wohin die Vögel zogen und warum. Woher sie die Zeiten für Abflug und Rückkehr kannten. Welche Experimente ihnen ihre Geheimnisse entlocken sollten.

Am Ende des Sommers wusste Lissi über den Vogelzug bestens Bescheid und außerdem, dass es im Strauchwerk hinter dem *Haus am Meer* einen Sprosser gab, der die ersten Takte des Radetzkymarschs pfiff.

Aber wir, Clara und ich, bekamen Lissi kaum zu Gesicht, und so war ich es, die als Erste erfuhr, dass Friedrich fortging. Nicht wie sonst nach Tallinn oder St. Petersburg. Daran hatten sich alle gewöhnt und manche wohl geglaubt, das Leben auf See habe Friedrich die großen Flausen ausgetrieben. Seine Mutter zum Beispiel, die auch jetzt nicht verstand, was ihn fortzog. Vera Cruz, Santiago, Shanghai! Und was, wenn er nicht wieder heimkam?

Das, sagte Friedrich mit der gleichen stoischen Entschlossenheit, die sie von seinem Vater kannte, sei dann auch nicht zu ändern und besser als ein Leben lang im Ostseeschlick herumzurutschen.

Ihr Gesicht wurde in diesen Wochen hart und verschlossen. Vielleicht aus Wut über so viel Hochmut, bestimmt aber aus Angst um den Jungen, der eigentlich schon ein Mann war. Groß und muskulös, mit starken, sehnigen Händen.

Bis zu seiner Abreise blieb ihm diesmal mehr Zeit als sonst, und so streunte er wie ein Kind über die Insel. Zum Gellen hinunter, an dem vorbei ein Schiff nach Stralsund zu lenken so viel Geschick forderte. In die Häfen, die so viel kleiner und gemächlicher waren als die, die er inzwischen schon kennengelernt hatte. Spät in der Nacht ins Hochland hinauf, um ganz allein zu sein. Über sich den hohen, weiten Himmel, das Land unter sich nur eine Ahnung. Bis die Sonne aufging und den Dunst mit Licht füllte, in dem die Kronen der Bäume zu schweben schienen wie in milchigem Bernstein.

Er nahm Abschied. Wenn er gewusst hätte, für wie lange, wäre er vielleicht gar nicht gegangen. Und hätte Clara nicht oben an seinem Lieblingsplatz über der Schlucht das Blaue vom Himmel herunter versprochen.

Briefe, so oft es ging, und so genau, dass sie glaubte, sie sei selbst mit an Bord.

Gold aus Vera Cruz und Seide aus Shanghai.

Und aus Santiago?

Er wusste es nicht. Zur Not eine Handvoll Salpeter.

Sie lachte, den Kopf leicht geneigt, wie es ihre Gewohnheit war, und strich sich ein paar helle Strähnen aus dem Gesicht.

Lachend, in einer Brise aus Nordwest, die den Rock ihres Sommerkleides gegen ihre Beine drückt und ihr Haar aus dem Zopf löst, so konnte er sie in Erinnerung behalten.

11

»Vorbildliche Berufsauffassung«, witzelte Kästner und riss die Tüten auf, die Pieplow zwischen Teller und Tassen in die Mitte des Tisches gelegt hatte.

»Morgen, Daniel. Setz dich und hör einfach nicht hin.« Mit einer Geste wies Andrea Kästner auf den Platz, an dem für Pieplow gedeckt war.

»Als wenn er das jemals täte«, konterte Kästner. Bevor er den Frühstückstisch vollkrümeln konnte, griff seine Frau nach der Tüte, um die Brötchen in einen Korb, die Berliner auf einen Teller zu legen.

»Eure Junggesellenmanieren könnt ihr auf der Wache pflegen.«

Kästner grummelte etwas Unverständliches, nahm mit seinem Messer kurz Maß, köpfte dann mit einem gezielten Hieb aus dem Handgelenk sein Frühstücksei und traf dabei so genau, dass die Dotterhaut unter der weißen Kappe unverletzt blieb.

Pieplow sagte nichts. Ihn störte Kaffee aus teilgespülten Bechern und Kuchen von der Bäckereipappe nicht, trotzdem hätte er gern öfter ein Frühstück wie dieses gehabt. Fehlte nur die Frau, die es ihm hinstellte.

Es zeigte sich, dass Andrea nicht nur den Gang der Ermittlungen kannte, sondern auch als eine Art Hilfspolizistin bei den Alten des Dorfes herumgegangen war.

»Wenn ich alles notiert hätte, wüssten wir jetzt bestens Bescheid über Hochzeiten, Geburten und Todesfälle kurz vor dem Krieg. Ich staune immer wieder, was die Alten aus ihren Erinnerungen vorkramen können. Vieles kannte ich, weil ich es schon früher irgendwo gehört habe. Das ist eben so, wenn man hier groß wird. Manches war mir aber doch neu, zum Beispiel die Geschichte mit den Elchen. Wenn ich …«

»Elchen?« Pieplow sah verdutzt von der Brötchenhälfte auf, die er gerade andächtig mit Sanddorngelee bestrich.

»Sag bloß, du wusstest nichts davon?« Kästner tat gerade so, als gehörten Elche auf Hiddensee zur Allgemeinbildung.

Pieplow hob seine Schultern und zog eine ahnungslose Flunsch.

»Wundert mich. Schließlich sind sie von euch rübergekommen.«

Sollte heißen vom Darß, dessen Bewohner, wollte man Kästner glauben, von einer Mischung aus Strandräubern und Strauchdieben abstammten. Denen man nachsagte, dass sie nächtens Kühe mit umgebundener Laterne am Wasser entlangtrieben, weil Strandgut knapp wurde, wenn nicht ab und zu ein irregeleitetes Schiff am Weststrand zu Bruch ging. Den Nachfahren solcher Schurken war alles Mögliche zuzutrauen. Auch, dass sie sich vor lauter Großmannssucht Elche zwischen ihre Buchen stellten. »Bei euch soll's ja gern immer etwas größer sein als anderswo.«

Pieplow dämmerte allmählich, worauf Kästner hinauswollte. Aber für das klotzige Jagdhaus am Strand und die Gigantomanie des Reichsjägermeisters konnten die Darßer ebenso wenig wie die Hiddenseer. Oder ebenso viel. »Das waren nicht wir, das war Göring«, rückte er Kästners Geschichtsbild zurecht. »Euch hätte das genauso passieren können, wenn es hier genug Wald gäbe. Und ich glaube nicht, dass die Hiddenseer deswegen in den Widerstand gegangen wären.« Pieplow wunderte sich, dass plötzlich ein unklarer, aber heftiger Zorn in ihm aufstieg und Schärfe in seiner Stimme aufzischte wie eine Streichholzflamme. Zu Recht, dachte er, guckt Kästner so perplex. Woher soll er wissen, wie sehr mir das alles auf die Nerven geht. Leichen und Hakenkreuze und alte Kämpfer. Pfui Deibel.

»Was ist denn dir für 'ne Laus über die Leber gelaufen?« Kästner musterte seinen Vize mit zusammengezogenen Brauen.

»Darf ich vielleicht weiterreden?« Andrea Kästner zeigte sich vom Gezanke der Männer nicht im Mindesten irritiert.

»Nur zu, nur zu«, sagte ihr Mann pikiert und nahm sich seinen zweiten Berliner. Dass er Pieplow nicht verstand, konnte ihm zwar manchmal die Laune verhageln, aber den Appetit ließ er sich davon nicht verderben.

»Es war wohl so, wie du sagst, Daniel«, nahm Andrea den Faden wieder auf. »Göring soll die Idee gehabt haben, Elche auf dem Darß anzusiedeln. Aber denen hat es da ganz und gar nicht gefallen. Die Tiere müssen gute Schwimmer sein, denn sie konnten sich eins nach dem anderen über die Ostsee davonmachen. Durch den Gellenstrom hinüber zu uns, dann weiter, nach Ummanz wahrscheinlich, und weg waren sie.«

»Sehr vernünftig«, brummte Kästner und Pieplow nickte.

»Eben. Und eine Sensation für die Hiddenseer, wie ihr euch denken könnt. Wer sie entdeckt hat, ließ sich später nicht mehr feststellen. Jeder der Jungs, der auf dem Gellen nach den Schafen zu sehen hatte, wollte es gewesen sein. Und gefürchtet hat sich angeblich auch keiner, wenn so ein Zwei-Meter-Koloss vor ihm aus dem Wasser kam. Richtige Helden eben.« Sie sah erst zu ihrem Mann, dann zu Pieplow, der ihr Lächeln erwiderte und »Klar doch, immer« sagte.

»Alle waren scharf darauf, einen Elch zu Gesicht zu bekommen«, fuhr Andrea fort. »Die Jäger sowieso, die Fischer auch, und sogar von den Arbeitern oben an der Hucke machten sich welche auf den Weg hierher. Als Feierabendvergnügen sozusagen. Aufregend, spannend, aber harmlos, dachten sie. Doch dann hat es ein Unglück gegeben. Die Schwester von Otto Brand ist dabei ums Leben gekommen.«

»Ein Mädchen?«, fragte Kästner erstaunt.

»Ein Mädchen, ja. Was ist daran Besonderes? Oder findest du, Frauen sollten sich nicht für Elche interessieren?«

»Quatsch! Ich dachte nur, ich meine, früher …«

»Du meinst, früher wurden Töchter mehr an der Kandare gehalten, und das stimmt ja auch. Wenn ich es richtig verstanden habe, sind ein paar Kinder damals heimlich auf Elchpirsch losgezogen. Sie haben sich irgendwie aus den Augen verloren, und dann muss es passiert sein.«

»Was genau geschehen ist, weißt du aber nicht?« Pieplow massierte sich den verspannten Nacken. Noch eine Nacht im Sessel, und er würde eine Halskrause brauchen wie nach einem Auffahrunfall.

»Nein. Ich fand die Geschichte zwar sehr spannend, aber nach Einzelheiten wollte ich nicht fragen. Entweder die Leute hier erzählen freiwillig, oder man tut gut daran, ihr Schweigen zu respektieren.«

Allerdings, dachte Pieplow und auch, dass es in dieser Angelegenheit eigentlich nichts nachzufragen gab. Ein Unglück, hatte Andrea gesagt. Kein Verbrechen. So was war tragisch, kam aber nun mal vor. Wozu also unnötig in alten Geschichten rumstochern, bei denen er auch nicht die Spur einer Verbindung zum Toten in Kloster herstellen konnte. Er überließ das Kombinieren und Schlussfolgern besser Böhm und seinen Leuten. Die wurden schließlich dafür bezahlt und konnten im Gegensatz zu ihm nach getaner Arbeit wieder verschwinden, ohne sich um den Dreck kümmern zu müssen, den sie aufgewirbelt hatten. Trotzdem … noch ein verirrtes Mädchen … ein gewaltsamer Tod …

Pieplow nahm sich vor, in einer ruhigen Stunde

gründlich darüber nachzudenken, was ihn immer wieder trieb, sich in Dinge zu verbeißen, die ihm gleichgültig sein konnten.

»Kannst du mir verraten, wozu das gut sein soll?«, wollte Kästner wissen, als Pieplow wegen Otto Brand nachhakte.

»Nee, kann ich nicht. Sagen wir einfach der Vollständigkeit halber, für die Rubrik besondere Vorkommnisse.«

Kästner schüttelte verständnislos den Kopf. »Du erlaubst aber, dass ich hier auf dich warte, bis du deine Ermittlungen abgeschlossen hast.« Er angelte sich die Zeitung, um sich demonstrativ dahinter zu verschanzen.

»Moment, Daniel! Ich komme mit.« Andrea schob ihren Stuhl zurück und erhob sich. »Es ist zwar nicht weit, aber dann brauchst du nicht zu suchen.« Den erbosten Blick ihres Mannes quittierte sie mit dem selbstbewussten Lächeln, das Pieplow so gut an ihr gefiel.

Sie gingen auf ein Haus zu, das schon einige Jahrzehnte auf dem Buckel haben musste. Frisch gestrichenes Mauerwerk. Zwei neue Fenster neben einem, aus dem der Kitt herausbröckelte. Helle Flecken im Dach zeigten, wo neues Stroh aufgebracht worden war. Im Durchgang zum Nachbarhaus segelte Bettwäsche im Wind. Fast trocken, stellte Pieplow fest, als ihn ein Laken streifte. Dabei war es noch nicht mal neun Uhr.

Auf der Südseite saß Otto Brand auf der Hausbank neben der Tür. Die Schiffermütze in die runzlige Stirn gezogen, sah er erst auf, als sie direkt neben ihm standen.

»Morgen, Otto!«, rief Andrea so laut und deutlich, dass Pieplow wusste, was auf ihn zukam.

»Was wollt ihr denn?« Krummgearbeitete Finger schlossen sich um Andreas Hand. »Käthe ist drinnen.« Frauen zu Frauen und Männer zu Männern. So war's am besten, wenn Besuch kam.

Pieplow warf einen Blick durch das offene Küchenfenster. Käthe Brand saß am Tisch und schälte Kartoffeln. Drei Heringe, geköpft und ausgenommen, lagen schon bratfertig auf einem Teller. Mittagessen spätestens um halb zwölf, genau wie bei Großmutter Pieplow. Sogar die fette getigerte Katze passte ins Bild, die mit lustvoll geschlossenen Augen an einem Fischkopf herumkaute.

Pieplow setzte sich zu Otto Brand auf die Bank. Den Kopf dicht neben dem alten Gesicht mit grauen Stoppeln zwischen den dunklen Furchen, sprach er langsam und laut genug, dass auch noch die Nachbarn hören konnten, worum es ging.

»Besondere Vorkommnisse. So. Na ja.« Otto Brand ließ sich Zeit. Aus schmal zusammengekniffenen Augen ließ er den Blick wandern. Über eine mannshohe Silberdistel hinweg, zwischen den weiter vorn liegenden Häusern hindurch auf den Bodden hinaus. »Du hast wohl keine Schwester?«

»Doch«, sagte Pieplow, obwohl er nicht wusste, was das zur Sache tat. »Zwei sogar.« Seine Augen folgten dem Greisenblick südwestwärts, dorthin, wo sich hinter niedrigem Wald der Gellen bis dicht vor den Darß schob.

»Können ziemliche Nervensägen sein«, nuschelte der Alte. Seine klobige Schuhspitze ditschte den Katzenfutterrest beiseite. Dem Fischkopf fehlten jetzt Augen und Haut.

»Mmh«, machte Pieplow. Er wollte sich nicht ablenken lassen, auch wenn dieser Platz in der Wärme des Spätsommermorgens wie geschaffen war, um die Gedanken schweifen zu lassen. Zurück in die eigene Kindheit, auf die Hafenmole mit den Autoreifen am fransig gestoßenen Holz der Poller. In die schlickigen Schilfbuchten am Bodden und ins Geflecht der Waldwege, an deren Ende mit jedem Meter, den das Rad voranschlingerte, der Himmel über den Dünen heller schimmerte, und überall Abenteuer, bei denen Mädchen bloß störten. Erst recht, wenn es die eigenen Schwestern waren.

Der Alte knüpfte sein Erinnerungsnetz unbeirrt weiter. »Wie Kletten hängen sie einem am Kragen mit ihrem Gefrage und Gekicher und Geheule. Wie ein Klotz am Bein. Und wehe, es passiert was, weil man seine Sache nicht ordentlich macht. Eh man sich's versieht, hat die Mutter in den Sack mit Kopfnüssen gegriffen und in die Backpfeifenkiste hinterher.« Otto Brand besah seine Hände. Dunkel und knotig von der endlos schweren Arbeit an Bord, hatten sie später wohl aus den gleichen oder ganz ähnlichen Gründen zugeschlagen.

Aber jetzt saß er schweigend da und dachte an den dreizehnjährigen Jungen, der zähneknirschend seine Schwester mitschleppt. Obwohl es nun wirklich nichts für Mädchen ist, sich abends heimlich auf die Elchpirsch davonzustehlen. Das finden die anderen auch und sind nur einverstanden, weil Gerti damit droht, reihum bei allen Eltern petzen zu gehen. Ihr richtiger Name ist eigentlich Gertrud, aber das wissen die wenigsten. Nicht mal auf ihrem Grabstein steht er, weil für ein elfjähriges Kind Gerti schöner ist. Das findet sogar der Pastor und duldet die Abweichung vom Kirchbuch. Ein Trost ist das nicht. Nichts ist ein Trost, wenn man ein Kind waschen und aufbahren muss. Bei ihm wachen, bis es fortgebracht wird. In der Kirchenbank vor einem Sarg beten, über dem ein Engel schwebt, als warte er darauf, es zu begleiten.

An allem trägt er die Schuld.

An nichts anderes hat er gedacht, als mit eigenen Augen zu sehen, dass eins der mächtigen Tiere wie aus der Unterwelt aufsteigt, sich aus dem Wasser an Land schiebt und so nah vorüberzieht, dass er glaubt, es berühren zu können. Die breite Brust, den höckrigen Widerrist, den langen Kopf mit den gezackten Schaufeln und der weit vorgestülpten Schnauze, den es plötzlich zu Boden senkt und dunkel drohende Laute ausstößt.

Auch wenn sie nie jemand gewarnt hat, wie gefährlich Elche sein können, spüren sie, dass diese Schaufeln sie durch die Luft schleudern, diese Hufe sie zermalmen werden, wenn sie nicht fliehen. Also rennen sie um ihr Leben und halten erst an, als Häuser in Sicht sind.

»Da haben wir gemerkt, dass Gerti fehlte.« Otto Brand seufzte tief und versank in bedrücktem Schweigen. Nach einer Weile fragte Pieplow: »Und dann?« So leise, dass der Alte ihn eigentlich nicht hören konnte. Aber er wandte Pieplow doch das Gesicht zu. »Und dann«, wiederholte er, »dann haben wir sie gesucht. Allein, die ganze Nacht, bis morgens die Männer kamen, um nach den Reusen zu sehen. Die haben dann alle im Dorf zusammengetrommelt und systematisch gesucht, aber genützt hat es nichts. Wenn dort, wo sie ins Wasser gelaufen ist, keine Netze gestanden hätten, wäre sie wohl nie gefunden worden. Aber das wussten wir erst später.« Mehr wollte er dazu nicht sagen. Wer hier lebte, musste wissen, was es bedeutet, wenn ein Körper drei Tage und drei Nächte im Bodden trieb.

Manchmal träumte er von ihr. In letzter Zeit öfter. Als würde löchrig und brüchig, womit er all die Jahre die Erinnerung ferngehalten hatte, so dass sie jetzt in seinen Schlaf sickern und ihn quälen konnte. Mit Bildern von Gerti in ihrem dunklen Kleid, an dem der halbe Rock fehlte, als man sie fand. Mit ihren Schreien, die es damals nicht gab. Niemand hatte geschrien, das wusste er genau. Viel zu groß war die Angst, das riesige Tier noch mehr zu reizen.

Der Alte schüttelte unwirsch den Kopf, als könnte er so die Erinnerung vertreiben. Seine Stimme klang barsch, als er sich wieder Pieplow zuwandte: »So war das. Auch wenn ich nicht weiß, warum ihr euch dafür interessiert. Das ist lange her und hat für niemanden mehr eine Bedeutung. Außer für mich. Für mich ist es immer noch eine Last, aber ich hoffe doch, dass sie mir demnächst abgenommen wird.« Mit einem schiefen, verschmitzten Lächeln kniff er ein Auge zu und piekte mit seinem hakenkrummen Zeigefinger in die Seeluft Richtung Himmel.

* * *

Kästner ächzte und fluchte wie gewohnt, bis beide Beine, das gesunde schneller als das geschiente, im Fußraum und die Krücken auf der Rückbank verstaut waren. Ihm die Laune zu verderben war nie schwer, aber an diesem Morgen war es Pieplow offenbar besonders gründlich gelungen. Kästner schnaubte nur empört, als Andrea ihm aufzählen wollte, welche Annehmlichkeiten er genossen hatte: Kaffee trinken, Zeitung lesen, Ruhe im Haus, weil Weib und Kind …

»Pah, was weißt denn du! Im Büro stapeln sich die Akten, während der Herr Obermeister seine idiotischen Ermittlungen anstellt und so tut, als hätte er den Kriminalquark mit Löffeln gefressen!«

Von Aktenstapeln wusste Pieplow nichts, und Kriminalquark war ihm auch noch nicht untergekommen. Aber das behielt er wohlweislich für sich. Er tauschte mit Andrea einen Solidaritätsblick aus und gab ihr zum Abschied einen Kuss auf die Wange. Sie roch gut, fand er. Klar und sauber nach Seewind und Seife. »Danke fürs Frühstück, Andrea.« Dann wies er mit einer Kopfbewegung zu Kästner hinüber, der mit den Fingern der rechten Hand auf das Autodach trommelte: »Wenn ich ihn heute Abend zurückbringe, hat er sich wieder eingekriegt.«

»Ich weiß«, sagte sie und lachte.

Kurz vor der *Heiderose* war es so weit. »Was hast du denn nun in Erfahrung gebracht?«

Pieplow erzählte es ihm.

»Traurige Geschichte«, sagte Kästner. »Aber eben ein Unfall. Das ist doch klar wie dicke Tinte, und mir ist schleierhaft, was dich daran so interessiert. Wenn der Tod der Kleinen auch nur das Geringste mit diesem Skelett zu tun hat, will ich Bolle heißen.«

»Wäre gar nicht so schlecht.« Pieplow grinste.

»Was?«

»Bolle. Passt auf jeden Fall besser als Kästner.«

»Döskopp.«

Bis zur Dienststelle blieb es ruhig im Wagen. Jeder hing seinen Gedanken nach. Kästner versöhnlichen. Pieplow ratlosen. Wahrscheinlich hatte Kästner Recht. Ein Zusammenhang zwischen den Ereignissen war nicht zu sehen. Aber Pieplow fühlte, dass es ihn dennoch gab, auch wenn er beim besten Willen nicht sagen konnte, warum oder worin er bestand. Es war ihm, als hätten sich Dinge, die nicht zusammengehörten, in seinem Kopf vernetzt und würden nun Signale senden, die er nicht verstand, obwohl er sie fast körperlich spürte. Intuitiv sozusagen. Mit einem sechsten Sinn, über den er, wollte er sich nicht lächerlich machen, besser nicht sprach. Zumal, wenn er Luise Grönings Geschichte nicht preisgeben wollte, und dafür, so schien ihm, gab es noch keinen hinreichenden Grund.

Das Klingeln seines Handys riss ihn aus seinen Betrachtungen. Pieplow meldete sich vorschriftsmäßig über die Freisprechanlage, obwohl der Wagen gerade auf der Parkspur unter dem Polizei-Schild ausrollte.

»Guten Morgen, mein Guter!« Die Stimme des Professors klang munter wie immer. »Raten Sie mal, wem das Bonbon gehörte!«

Pieplow wusste sofort, worum es ging. »Sagen Sie bloß …«

»Genau! Da staunen Sie, was? Roloff, Dietrich Roloff, geboren am 11. Oktober 1909 in Stralsund. Bauzeichner und technischer Angestellter beim Wasserbauamt. Von wegen Ingenieur! Unser Goldfasan scheint sich gern mit fremden Federn geschmückt zu haben. Was man jedoch im Hinblick auf das Abzeichen nicht sagen kann. Alter Kämpfer, schon vor Dreiunddreißig dabei gewesen. Daher die niedrige Parteibuchnummer. Schön hinten in die Medaille graviert, die es zur Belohnung dafür gab.«

»Aber sagten Sie nicht, die Kriminaltechnik …«

»Gewiss, gewiss. Letzte Sicherheit haben wir erst, wenn die ganze Gravur lesbar gemacht wurde. Aber der alte Richleben meint, es passt auch so schon perfekt …«

Der alte Richleben, stellte sich heraus, war Historiker. Professor für Neuere Geschichte, um genau zu sein.

Längst eremitiert, aber sonst noch ganz auf der Höhe und gerne bereit, seinem alten Freund Dahlke einen Gefallen zu tun und in Archiven und Verzeichnissen nach einem Dietrich Roloff zu forschen. Dass Dahlkes Anruf früh um sechs gekommen war, schien der Hilfsbereitschaft des alten Richleben keinen Abbruch getan zu haben.

»Da sage noch einer, senile Bettflucht habe nicht auch ihre guten Seiten«, verkündete der Professor fröhlich.

Pieplow dachte an Käthe Brands trockene Wäsche und stimmte zu.

»Das war's schon, mein Guter. Ich mache mich jetzt auf den Weg in meine Katakomben und widme mich diesem Herrn etwas ausführlicher. Mal sehen, ob sich sonst noch interessante Erkenntnisse gewinnen lassen.«

»Auf Wiedersehn, Herr Professor«, verabschiedete sich Pieplow förmlich. Dass er die Abreise des Professors bedauerte, ging niemanden etwas an. Auch Kästner nicht, der, das merkte Pieplow ohne zu ihm rüberzusehen, sich amüsierte wie bei einem Schwank.

»Mein Guter! Mein Guuutester!«, prustete Kästner los, sobald die Verbindung unterbrochen war. »Ich werd' nicht wieder! Die Herren Professoren unter sich. Dahlke, Pieplow … und wie hieß der Dritte im Bunde?«

»Richleben«, antworte Pieplow entnervt.

»Ja, richtig! Die senile Bettflucht. Das muss man sich mal vorstellen: Morgens um sechs hocken sich die beiden alten Knacker hin und erforschen Parteiabzeichen!

Na, immerhin waren sie erfolgreich, das ist doch wenigstens etwas.«

Wenigstens etwas war auch, dass Kästners Laune so gut war wie seit Tagen nicht mehr. Sie schlug erst wieder um, als Böhm sie nach Kloster zitierte. Beide. Und ein bisschen plötzlich, wenn sie wüssten, was das hieß.

»… wenn Sie wissen, was das heißt!«, äffte Kästner ihn nach. Sein Zeigefinger machte eine Drehbewegung an der Schläfe. »Schraube locker. Absolut größenwahnsinnig. Mehr sag ich dazu nicht.« Und mehr sagte Kästner tatsächlich nicht. Weder auf der Fahrt nach Kloster noch während Böhms Vortrag in kleiner Runde an Schlesingers Gartentisch. Malek, Pieplow, Kästner. »Dass wir ein paar aufschlussreiche Hinweise auf die Identität des Toten gefunden haben, wissen Sie hoffentlich bereits.« Böhm blickte ungeduldig zu den beiden Dorfpolizisten, die rasch und nachdrücklich nickten, auch wenn das *Wir* für Pieplows Geschmack zu ungenau beschrieb, wer hier was herausgefunden hatte.

»Wenn sich bestätigen sollte, dass der Tote tatsächlich Dietrich Roloff ist, stellt sich die Frage nach dem Verbleib von Geld und Gepäck. Bei der Leiche war jedenfalls weder das eine noch das andere. Raubmord wird also immer wahrscheinlicher. Zweitausend Reichsmark waren kein Pappenstiel. Erst recht nicht für das Gesocks, das sich damals hier herumgetrieben hat.«

»Wollen Sie mit *Gesocks* auf was Bestimmtes raus?«, fragte Kästner nun doch in provozierend einfältigem Ton.

»Allerdings. Vielleicht rufen Sie sich mal Ihre eigenen Ermittlungsergebnisse in Erinnerung und die Tatsache, dass im Tatzeitraum ein paar Hundert mehr oder weniger abgerissene Tagelöhner auf der Insel waren? Von denen hat jeder einzelne zweitausend Reichsmark gut brauchen können, da sind wir uns doch wohl einig.«

Nun ruhte Böhms Blick auf Malek, und es war an ihm, bestätigend zu nicken.

»Das war wohl so«, räumte Pieplow ein. »Komisch ist nur die Sache mit dem Bett.«

»Bett?« Böhm starrte Pieplow entgeistert an. »Von welchem Bett, zum Kuckuck, reden Sie?«

»Waltraud Pape hat davon gesprochen, dass Roloffs Vermieterin, Hertha Möhle, dessen Zimmer frühmorgens vorgefunden hat, als sei er abgereist. Schrank ausgeräumt, alle Papiere und das Gepäck weg, Bett gemacht. Steht alles in meinem Bericht.«

»Ja, und? Im Gegensatz zu Ihnen kann ich daran nichts Komisches entdecken.«

»Polizeiobermeister Pieplow will sagen, dass es wohl wenig Sinn gemacht hätte, nachts seine Sachen zu packen und die Pension zu verlassen, nur um sich dann stundenlang in der Dunkelheit herumzudrücken. Abreisen konnte man damals nur am Tag, und ein Überfall am helllichten Morgen? Hier? Nee! Wir halten das für unwahrscheinlich.«

»Sehr unwahrscheinlich«, echote Pieplow und fragte sich, wann Böhm dahinterkam, dass ihm gerade seine schlampige Aktenarbeit unter die Nase gerieben wurde.

Malek jedenfalls roch den Braten, das zeigte sein unruhiger Blick.

Pieplow zuckte mit keiner Wimper.

Höchste Zeit, Böhm auf das zurückzustutzen, was er war. Ein Hanswurst. Einer mit Sonnenbrille und Polizeimarke zwar, aber ein Hanswurst.

»Wie dem auch sei«, schwadronierte Böhm weiter, »Raubmord ist als Arbeitshypothese das Naheliegendste. Ob und wie viel sich da noch ermitteln lässt, wird sich zeigen. Auf jeden Fall werden Sie beide sich auf diese Stoßrichtung konzentrieren. Und mit etwas mehr Engagement, wenn ich bitten darf. Zwanzig von hundert angeordneten Befragungen in drei Tagen sind mehr als dürftig. Sie sollen …«

»Zwei.« Kästner hob eine Hand, Daumen und Zeigefinger abgespreizt. »Es waren nur zwei Tage. Den ersten kann man nicht mitrechnen. Da hatten wir noch keine Anweisungen. Außerdem …«

»Ja, ja«, blaffte Böhm. »Ich denke, ich habe mich trotzdem klar genug …«

»… außerdem kommen noch die Ergebnisse von neunzehn Befragungen in Neuendorf dazu. Heute Morgen erst abgeschlossen. Bericht im Laufe des Tages«, verkündete Kästner im Rapportton. Vom Scheitel bis zur Sohle Polizeiroutinier.

Pieplow staunte, blieb aber stumm. Lügen fasste man am besten so kurz wie möglich. Mit jedem weiteren Wort wuchs nur die Gefahr, sich in Widersprüche zu verwickeln. Irgendwie würde Kästner diesen Bericht zustande bringen und selbst gut dabei wegkommen, so viel war klar. Und dass seine Frau ihm bei den Ermittlungen umfangreiche Amtshilfe geleistet hatte, ging niemanden etwas an. Am allerwenigsten Böhm.

Gern hätte Pieplow noch erfahren, wie es mit dem Schlesinger-Grundstück weitergehen würde, auf dem gerade die letzten Utensilien der Spurensicherung zum Abtransport bereitgestellt wurden. Die Grube, aus der man Dietrich Roloffs Überreste geborgen hatte, war wieder zugeschüttet, aber ansonsten sah es übel aus. Nicht so, als würde in diesem Herbst noch jemand hier wohnen können. Doch in diesem Moment klingelte Böhms Handy, und was ihm mitgeteilt wurde, war offenbar enorm wichtig, denn er scheuchte Kästner und Pieplow mit herrischem Wedeln davon.

»Zwölf Uhr dreißig … ja … gewiss … überhaupt kein Problem … Auf Wiederhören, Frau Sander-Einberg.«

»Wem leckt er jetzt die Stiefel?«, höhnte Kästner, sobald sie außer Hörweite waren.

Es dauerte eine Weile, bis Pieplow vor Augen hatte, welches Bild zu dem Namen gehörte, vor dem Böhm buckelte. »Pumps«, stellte er richtig. »Die Pumps der Staatsanwältin.« Mit einer tiefen Chauffeursverbeugung hielt er Kästner die Beifahrertür auf.

»Was nun?«, fragte Kästner unternehmungslustig.

»Nun fahre ich dich ins Büro. Du schreibst deinen Bericht, und ich mache da weiter, wo ich aufgehört habe.«

»Und das wäre?«

»Na, was wohl? Den suchen, der vor siebzig Jahren

wegen zweitausend Mark einen Mord begangen haben soll. Du hast doch gehört, wohin die Stoßrichtung geht.«

»Das ist nicht dein Ernst, oder?«, fragte Kästner verblüfft.

»Gibt's eine Alternative? Solange das Verfahren nicht eingestellt ist, wird uns wohl kaum etwas anderes übrig bleiben.«

Den Mund noch halb offen, dachte Kästner angestrengt nach. »Wahrscheinlich nicht«, gab er zu. »Bisschen pro forma herumfragen kann ja auch nicht schaden.«

»Eben.« Pieplow nickte. Und außerdem steckte da noch dieses Foto in seiner Uniformtasche. Das Mädchen vom *Dornbusch*. Aus Vitte, genau wie die Verlobte von Roloff.

Was hatte Waltraud Pape gesagt? Tragische Geschichte. Kurz vor der Hochzeit gestorben.

»Ich fang mit Fine an«, teilte er Kästner mit, der nicht ahnen konnte, welche Fragen Pieplow durch den Kopf schwirrten.

»Die beste Idee des Tages«, lobte Kästner, der dabei unverkennbar ganz eigene Hintergedanken hatte. »Und grüß Marie.« Kästner versuchte sich an einem verschwörerischen Blick unter Männern. Was dabei herauskam, erinnerte eher an ein Kleinganovengesicht. Scheckbetrug oder Heiratsschwindel, tippte Pieplow.

12

Es kam nie ein Brief. Nicht eine einzige Zeile. Nicht aus Hamburg, von wo sogar Friedrichs Brüder Karten bekamen. Sie zeigten sie im Dorf herum wie Trophäen. »Hamburg – Tor zur Welt« stand schräg über Ozeanriesen, die sich mit dampfenden Schornsteinen und hoch aufragendem Bug aus dem Hafen schoben. Elbabwärts, Richtung Welt.

Auch nicht aus Southampton, als Friedrich den ersten schweren Sturm hinter sich hatte, mit Brechern, die tonnenschwer an Deck stürzten und mit sich fortrissen, was nicht niet- und nagelfest war. Tagelang trug seine Mutter den Brief in ihrer Schürzentasche. Wann immer die Rede auf ihren Sohn kam, zog sie ihn heraus und las die dramatischsten Sätze vor.

Aus jedem Hafen schrieb er. Nur nicht an Clara.

Wenn sie wenigstens geschimpft hätte! Sich beklagt, dass Friedrich sein Versprechen nicht hielt und dass sie schwarzsah, was das Gold und die Seide betraf.

Aber sie schwieg. Stolz und gekränkt. Und nach einer Weile mit einem verächtlichen Zug um den Mund, wenn sie sich abwandte, sobald das Gespräch auf Friedrich und seine große Reise kam.

Möglich, dass sonst niemand merkte, wie ihr zumute war. Dass sie sich verraten fühlte. Verloren, als seien ihr die Leinen gekappt, als treibe sie richtungslos auf dem Meer. Als gebe es kein Zurück.

Ich weiß, dass es so war. Weil ihr Lächeln verschwand und mit ihm das warme Glimmen in ihren Augen. Weil sie sich bewegte wie ein menschlicher Automat. Einer, der läuft und die Hände hebt und den Kopf dreht, wenn es sein soll. Der nur funktioniert und dabei die Zeit vergehen lässt.

»Zur Vernunft kommen« nannte Marga Timpe die Trostlosigkeit ihrer Tochter. »Es scheint, sie kommt allmählich zur Vernunft.« Laut und Zustimmung fordernd drang ihre Stimme aus der Küche zu mir herüber. Sobald ich die Nähmaschine drosselte, konnte ich sie hören. »Jetzt sieht sie ein, dass man sein Herz nicht an einen Seemann hängt, wenn man klug ist. Was sie ja immer sein wollte, meine Clara. Klüger als ihre Mutter sogar. Aber glaub mir, es sind immer die Mütter, die wissen, was das Beste für ihr Kind ist. Immer.«

Meine Mutter antwortete nicht. Oder so leise und zaghaft, dass ich nichts mitbekam. Dafür umso mehr von dem, was Marga Timpe über das Seemannsleben zum Besten gab. Die Braut in jedem Hafen – wenn's denn bei einer bleibt! Der Suff, das Laster, die Krankheit. Das wisse man doch, auch wenn nur hinter vorgehaltener Hand darüber geredet werde. Ihr reiche es hin, was den Männern in Stralsund diesbezüglich geboten werde, und dass es schon schwer genug sei, das Geld auf

Heller und Pfennig zusammenzuhalten, wenn man bloß eine Fischersfrau war.

Von meiner Mutter hörte ich nichts. Keine Zustimmung und kein Widerwort. Überhaupt kam es mir vor, während ich dasaß und lauschte, obwohl ich eigentlich mit der Weißwäsche fürs Ostseehotel vorankommen sollte, als wäre meine Mutter stiller als sonst. Ich weiß noch, wie sehr ich mir wünschte, dass sie es aus Mitleid mit Clara sei. Wenn sie schon nicht den Schneid hatte, Marga Timpe zu widersprechen, sollte sie wenigstens Traurigkeit spüren, wenn von Clara die Rede war. Schließlich war gerade sie es, die wissen musste, dass Clara vergeblich wartete. So viele von Friedrichs Karten und Briefen waren im Postamt durch die Hände meiner Mutter gegangen, dass sie sie schon an seiner großen, gestochen scharfen Schrift erkannte. Sie wusste, wie regelmäßig er schrieb, vor allem seit sein Schiff vor Vera Cruz havariert und wochenlang ungewiss war, wann und wie und wohin es weitergehen würde.

Natürlich machte die Geschichte von Friedrichs Schiffbruch im Dorf die Runde und wurde je nach Temperament in verschiedenen Versionen erzählt.

Wollte man den Kindern glauben, war sein Schiff von Seeräubern gekapert worden.

Die Frauen beschäftigten sich mit den Gefahren, denen Friedrich so glücklich entkommen war, nur um in diesem Vera Cruz wie ein Fisch an Land geworfen zu sein.

Die Männer debattierten die Manöver, mit denen sich

bei schwerem Nordost und hoher See das Unglück nicht hatte abwenden lassen.

Clara schien das alles nicht zu interessieren. Als gingen sie weder Seeräuber noch Vera Cruz oder Sturm aus Nordost etwas an, schwieg sie und zeigte das abweisende Gesicht, an das wir uns allmählich gewöhnten.

Vielleicht war es gerade dieser unnahbare Ernst, der Dietrich Roloff gefiel, als er Clara irgendwann zu Saisonbeginn an Jeschkes Ladentisch gegenüberstand. Von da an kam er regelmäßig, verlangte etwas, das er genauso gut in Kloster bekommen hätte, zahlte und ging wieder.

Immer öfter betrat er kurz vor Ladenschluss das Geschäft, kaufte einen Film, eine Zeitung oder Postkarten und bot Clara, wenn sie die Ladentür schloss, seine Begleitung an. Die Gleichgültigkeit, mit der sie sein Angebot annahm oder ablehnte, störte ihn nicht. Wurde er abgewiesen, zog er den Hut, deutete eine Verbeugung an und machte sich allein auf den Weg. Durfte er sie bis zur Pforte des Timpeschen Hauses am Norderende begleiten, blieb stets ein gehöriger Abstand zwischen ihnen, der Claras Ehrbarkeit nicht in Gefahr brachte.

Zum Leidwesen Marga Timpes. Denn ein wenig entgegenkommender, fand sie, könnte Clara schon sein. Verbindlicher, als nur neben ihm herzulaufen, mit hängenden Armen, den Blick irgendwo an den Horizont geheftet, vollkommen achtlos gegenüber dieser wunderbaren Gelegenheit.

Wie gut, dass wenigstens ihre Mutter wusste, was zu tun war!

Pünktlich zum Feierabend ihrer Tochter bezog sie am Fenster Position, damit sie rechtzeitig mit strahlendem Lächeln vor das Haus treten und dem Herrn Ingenieur einen schönen Abend wünschen konnte.

So ein Zufall! Wie reizend, ganz meinerseits, gnädige Frau.

Gnädige Frau! Marga Timpe fühlte sich am Ziel all ihrer Wünsche.

Ich hätte nicht sagen können, warum es mir so wenig gefiel, Clara mit ihm zusammen zu sehen. Ich bin ihnen hin und wieder begegnet. Meist auf dem Rückweg von Kloster. Ein verschwitzter, rotgesichtiger Gnom auf einem viel zu großen Rad, das ich mit schlingerndem Lenker im Wegsand kaum vorwärtsbrachte. Auf dem Gepäckträger immer die große Kiste, mit der ich die Wäsche transportierte.

Es stimmte, was die Leute sagten. Sie waren ein schönes Paar.

Ich dachte das auch.

Jedes Mal, wenn ich sie sah, fiel mir auf, wie gut sie zueinander passten. Beide groß, schlank und jeder auf seine Weise elegant. Er stets in Anzug, mit Hut und Krawatte. Clara in den Kleidern, die sie so liebte. Hell, mit Streublumenmuster und weiten, schwingenden Röcken.

Und doch spürte ich jedes Mal ein Frösteln, wie es einen überkommt, wenn man fühlt, dass etwas falsch ist, und man es trotzdem geschehen lässt.

Aber was hätte ich tun können?

Wie oft habe ich mich das seitdem gefragt und immer nur die nächste Frage gefunden. Woher, gütiger Himmel, hätte ich wissen sollen, von wem sie sich da umwerben ließ, meine schöne, traurige Clara.

13

Pieplow rückte seine Dienstmütze zurecht und machte sich auf den Weg Richtung Deich. Eine halbe Stunde durchpusten lassen, bis der Kopf wieder frei war und das unvernünftige Kribbeln sich legte, das ihn überkam, wenn er an Marie dachte. Daran, ihr gleich gegenüberzustehen. Ihr in die Augen zu sehen, in die das Leuchten zurückgekehrt war. Ihr Lächeln, das endlich nicht mehr künstlich und aufgesetzt wirkte, seit es ihr besser ging. Lange hatte es gebraucht, bis es so weit war. Mehr als ein Jahr. Ihn hatte sie nicht täuschen können mit ihrer geschäftigen Tüchtigkeit. Er hatte gesehen, wie sie sich abmühte, damit niemand merkte, wie ihr wirklich ums Herz war. Dass nicht alles wieder gut wurde, weil das Schlimmste überstanden war. Weil sie ihr Kind wieder hatte. Gesund. Fröhlich, als sei nichts geschehen. Maries Angst hatte trotzdem nicht weichen wollen. Hatte sie aus dem Schlaf gejagt und nächtelang neben dem Kinderbett wachen lassen.

Damit war es Gott sei Dank vorbei. Genau wusste er nicht, woran es lag. Aber wenn ihn nicht alles täuschte, ging es ihr besser, seit sie so oft nach Kloster fuhr. Aufrecht auf ihrem altmodischen Fahrrad, das dunkle Haar offen, radelte sie gegen den Wind und schien wieder eins mit sich selbst.

Pieplow war sich nicht sicher, ob er wissen wollte, was hinter diesen Fahrten steckte. Oder besser: wer. Denn daran, dass es ein Mann war, hatte er keinen Zweifel. Wofür sonst überließ sie ihr Kind stundenlang Hedwig Buhrow? Nur eins war sicher, zu ihm wollte sie nicht, wenn sie in Kloster war. Leider nicht.

Pieplow seufzte und machte einen rücksichtsvollen Bogen um eine Gruppe Japaner. In arktistauglichen Anoraks gegen die Herbstbrise bestens geschützt, umrundeten sie die Mühle und knipsten ausgiebig die Schindelhülle. Später, auf den fertigen Bildern, würde sie schwarzbraun schimmern wie gestutztes Gefieder.

Südlich der Mühle lag der Deich menschenleer in der Sonne. Nachsaison. Das sah man auch an den Häusern, von denen einige mit ihren fest geschlossenen Läden schon winterfest wirkten, während woanders noch gewerkelt wurde. Rasen gemäht, Sträucher beschnitten. Türen und Fenster lackiert, denen Sonne und Salz so zusetzten, dass sie trotz aller Mühen den stets brüchigen, verwitterten Charme alter Häuser am Meer ausstrahlten.

Pieplow schritt zügiger aus, als er die zerfledderten Riesendächer des *Seeblick* erreichte. Er verließ den Deich und stand bald darauf zwischen Fines Hortensien vor Maries Tür.

Sie öffnete selbst und sah wundervoll aus. Nicht anders als sonst. In Hosen, die Ärmel der langen Hemdbluse wegen irgendeiner Arbeit hochgekrempelt. Wirklich wundervoll.

»Daniel!« Sie lachte ihn an. »Komm rein.« Er nahm die Mütze ab und trat in die Diele. Dass sie ihn umarmte und ihn auf die Wange küsste, war schön. Ihre kräftigen braungebrannten Arme um seinen Hals, ihr Duft.

Und doch fand er, sie sollte das nicht tun. Ihn umarmen und küssen und ihn so dazu zwingen, so schnell es ging, offiziell zu werden. Ihren Körper und ihre Berührung zu ignorieren und das, was sie in ihm auslösen könnten.

»Schön, dass du wieder mal kommst. Leonie schläft zwar noch, aber sie wird sich freuen, dass du da bist.«

»Eigentlich … also, ich meine, es ist mehr dienstlich …«, haspelte Pieplow. Er drehte seine Mütze zwischen den Händen und fand sich unmöglich. Kein Wunder, dass ein anderer das Rennen gemacht hat, dachte er verdrossen. Wahrscheinlich einer, der ganze Sätze herausbringt, auch wenn sie vor ihm steht und ihn anlächelt.

»Schade.« Das Strahlen in ihren Augen verlor an Glanz. Es wirkte bockig und angriffslustig zugleich, wie sie ihre Hände in die Hosentaschen stopfte. »Worum geht es denn? Was haben wir …?« Ihre Stimme war höher, gepresster geworden, und die Frage blieb in der Luft hängen.

Pieplow schimpfte sich stumm einen Idioten. Nichts hatte ihn gezwungen, hier in Uniform aufzutauchen und gleich stoffelig dienstlich zu werden. Er hätte sich Zeit nehmen sollen. Für Leonie sowieso, aber auch für Marie, damit sein Auftritt nicht wie ein Stich in frisch vernarbte Wunden wirkte. Zu spät. Ihr Misstrauen war aufgesprungen wie ein nervöses Tier, das der Verstand erst wieder zurückscheuchen musste.

»Es ist nichts, Marie. Es hat nichts mit der alten Geschichte zu tun. Gar nichts. Es geht um den Leichenfund in Kloster. Wir …« Er brach ab, weil auch das nicht ging. Ein Leichenfund war kaum das geeignete Mittel zur Beruhigung.

Seine Besorgnis erwies sich als grundlos. Ganz nüchtern, die Hände immer noch in den Hosentaschen, fragte sie: »Und was habe ich damit zu tun?«

»Du?« Es dauerte, bis er verstand, dass ihre Frage nichts mit verschlungener weiblicher Logik zu tun hatte. »Ach so, entschuldige. Du natürlich überhaupt nichts. Ich wollte mit Fine sprechen, wenn's geht. Es sieht so aus, als gäbe es Verbindungen zwischen dem Toten und Vitte. Seine Verlobte soll von hier gewesen sein. Fine muss sie gekannt haben.«

»Verstehe. Aber was soll euch das nützen? Glaubt ihr wirklich, dass ihr den Täter jetzt noch findet? Nach all diesen Jahren?«

»Ich weiß es nicht, Marie, aber wir tun unser Bestes.«

»Du bestimmt, das glaube ich dir aufs Wort.« Jetzt lächelte sie wieder. Anders als vorhin, aber herzlich und ohne eine Spur von Ironie.

Es war einer von Fines guten Tagen. Einer ohne die bleierne Schwermut, gegen die sie so standhaft ankämpfte. Einer, an dem ihre Hände die Dinge und ihr Kopf die Gedanken wieder festhalten konnten. Dreiundneunzig Jahre sind kein Pappenstiel. Wen wundert's, wenn da eine zittrig und brägenklöterig wird. Aber jammern kam für Josefine Gau nicht in Frage. Erstens war sie noch nie eins von den Klageweibern gewesen, und zweitens hatte sie es doch gut. Besser als manch andere, so viel stand fest. Viel besser.

Ein Tag also, der das Glück brachte, im Lehnstuhl am Fenster zu sitzen und den Blick schweifen zu lassen. Hinaus in den Garten, der ihr großer Stolz war. Der selbst in grauesten Zeiten bunt geblüht hatte, weil sie dem Sand mit allerlei Tricks den Boden abtrotzte, in dem ihre Hortensien gediehen. Noch heute blieben Urlauber stehen, um sie zu bewundern, obwohl es längst auch in anderen Gärten blühte.

»Fine?«

»Mh.«

»Geht es dir gut?«

»Siehste doch.«

»Daniel ist da und möchte gern mit dir reden, wenn es dir gut genug geht.«

»Mit mir? Und worüber?«

»Das sagt er dir besser selbst.« Marie zog die Tür ganz auf, damit Pieplow eintreten konnte. »Möchtet ihr Tee?«, fragte sie noch, dann verließ sie das überheizte Zimmer. Aus der Küche klang kurz darauf Geschirrklappern herüber und Fetzen einer Melodie. Marie sang. Was, ließ sich nicht heraushören.

Pieplow erklärte, weswegen er gekommen war. Nur das Wesentliche und langsam genug, damit Fine ihm folgen konnte.

Ihr Anblick machte ihm zu schaffen. Das unaufhörliche Reiben der Finger an den zuckenden Händen. Das Kopfwackeln. Das rhythmische Auf und Ab der Knie. Wie lange hatte er sie nicht mehr gesehen? Drei Wochen? Vier? Ihr Zustand hatte sich so verschlechtert, dass er schwarz sah für sein Anliegen. Wie sollte sie auf einer alten, vergilbten Fotografie ein kaum marienkäfergroßes Gesicht erkennen? Ganz zu schweigen von der Erinnerung an einen Namen.

Aber sie bestand darauf, das Foto zu sehen.

Es dauerte, bis es so weit war. Weil die Brille nicht ausreichte. Weil ihr das Bild aus den Händen glitt. Weil der kleine Tisch umgestellt werden musste, damit das Foto so darauf lag, dass Pieplow die Leselupe darüberhalten und Fine hindurchsehen konnte.

»Mmh«, machte sie und »tja«, lehnte sich zurück, beugte sich wieder vor. »Das könnte Lissi sein … aber genau … doch, ich glaube, das ist sie.«

Sie wirkte nach dieser Anstrengung so erschöpft, dass Pieplow ein schlechtes Gewissen hatte, als er nachhakte: »Du kennst sie also. Weißt du noch mehr als den Vornamen?«

»Lass mich nachdenken … Wo nur Marie bleibt … Tee müsste längst …« Sie schwieg, die Augen geschlossen.

Eingeschlafen, dachte Pieplow enttäuscht, aber dann überraschte sie ihn mit einem klaren Blick aus ihren fast wimpernlosen Augen. »Lambrecht«, sagte sie mit einem brüchigen Triumph in der Stimme. »Elisabeth Lambrecht. So hieß sie zumindest, als sie noch hier lebte. Ist ewig her. Es war, glaube ich, noch vor dem Krieg, dass sie weggegangen ist.«

»Wie – weggegangen?«

Josefine Gau hob die Schultern. So maskenhaft ihr altes Gesicht durch die Krankheit oft war, jetzt drückte es das ganze Unverständnis einer Hiddenseerin aus. Weggehen! Was für eine Schnapsidee! Sie wird es bereut haben, die Lissi. Ihr Leben lang.

Das verstand Pieplow, und deswegen musste es Gründe geben für diesen Entschluss. Aber er sah, wie das Zittern der Hände stärker wurde, sah den Schweißfilm auf der blassen Haut und wagte nicht, weiter zu fragen.

So saßen sie stumm beieinander. Jeder war mit seinen eigenen Gedanken beschäftigt, als mit einem Mal Marie in der Tür stand. Sie trug ein großes Tablett mit Tellern und Teeschalen, und es duftete nach frischem Gebäck.

»Der Apfelkuchen war noch nicht fertig, deshalb hat's länger gedauert. Dafür gibt es ihn jetzt noch warm mit ...« Sie brach ab und stellte hastig das Tablett auf den Tisch. »Was ist?«, fragte sie und legte Fine eine Hand auf die Stirn.

»Nix ist«, sagte ihre Tante unwillig. Aber die beruhigende Hand durfte bleiben, wo sie war.

»Ich geh jetzt wohl besser.« Betreten sah Pieplow, was er mit seiner Fragerei angerichtet hatte.

»Schade«, sagte Marie. »Ich hätte gern mit euch Tee getrunken, aber vielleicht ... Sie verträgt Aufregung schlecht, weißt du, und dann ...«

»Es tut mir leid, wirklich. Ich wollte nicht ... ich dachte nur ...«

»Papperlapapp! Das gibt sich auch wieder.« Josefine Gau brachte es fertig, trotz ihrer schwachen Stimme energisch zu klingen. »Außerdem weiß Irma über Elisabeth viel besser Bescheid. Geh und red mit ihr.«

Pieplow sah fragend zu Marie.

»Irma Duve, ein Stück die Straße runter.« Sie wies nach rechts Richtung Norderende. »Warte, ich bring dich noch zur Tür.«

»Grüß Leonie«, trug Pieplow ihr auf, bevor er ins Freie trat. »Ich besuche sie, sobald es geht. Versprochen.« Er hob zwei Finger zum Indianerehrenwort.

Marie griff nach seiner Hand und hielt sie fest. »Von dir hat sie das also! ›Esprochen‹ sagen und die Schwurhand heben. Nur, dass es bei ihr noch alle fünf Finger sind, die sie nach oben reckt.«

Sie ließ seine Hand wieder los, was Pieplow bedauerlich fand. »Bei Indianern unter drei gilt das noch«, sagte er und dachte dabei an Leonies rundliche Hände mit den Grübchen dort, wo die Finger an den gut gepolsterten Handrücken ansetzten.

»Ich fürchte, du hast dir mehr erhofft«, sagte Marie in seine Gedanken hinein.

Verwirrt sah Pieplow sie an. Erhofft? Wovon? Am besten erstmal leugnen. Egal, was. »Ach wo«, sagte er und machte eine beschwichtigende Handbewegung. »Ist doch in Ordnung so.«

»Wenn du willst, spreche ich noch mal mit Fine. Wir haben eine eigene Weise, miteinander zu reden. Eine, bei der sie erzählen kann, ohne dass es sie zu sehr anstrengt. Aber das braucht mehr Zeit, als du dir wohl nehmen kannst. Morgen bin ich in Kloster, dann könnte ich dir sagen, ob ich noch etwas in Erfahrung gebracht habe. Sagen wir, gegen fünf? Oder bist du dann noch nicht zu Hause?«

So, schoss es Pieplow durch den Kopf, fühlt sich ein Herzstillstand an. Kribbeln, Stechen, Sieden. Wie mit Vollgas ungebremst in den Nebel.

»Doch, doch. Auf jeden Fall. Passt ganz prima. Also, bis morgen, Marie!« Er war überrascht, wie gelassen er sich anhörte. Geradezu souverän. War das im Adrenalinschock so? Artikulierte man klar und flüssig, weil die Hirnregionen, in denen die Zweifel, das Zögern, die Skrupel saßen, einfach ausgeschaltet waren? Weil nur noch Wunsch und Traum funktionierten?

Er wusste es nicht. Er wusste nur, dass er eine Menge guter Ideen brauchte, um sich abzulenken. Um sich nicht immer wieder auszumalen, wie Marie vor seiner Tür stand. Wie er sie hereinbat und zur Seite treten musste, damit sie beide in seinem handtuchschmalen Flur Platz hatten. Am besten, er würde vorangehen. Vielleicht scherzhaft »Folgen Sie mir unauffällig« sagen und so die Unhöflichkeit kaschieren, dass er einer Dame den Vortritt nahm.

Oder sich doch besser ganz an die Wand drücken, damit sie sich, seinem hinweisenden Arm folgend, an ihm vorbeiquetschen konnte.

»Moin, Pieplow! Na, wisst ihr mehr inzwischen?« Erwin Schulte, unterwegs zum Nachmittagsschnack, riss ihn aus seinen Überlegungen.

»So gut wie nix, Erwin. Erstmal abwarten, was die Gerichtsmedizin sagt.«

Erwin Schulte nickte sachverständig. »Is klar.« Das konnte dauern. Besonders wenn die Leiche schon älter war. Wusste man schließlich alles aus dem Fernsehen. Er zog seines Weges an der Kaufhalle vorbei Richtung Hafen, ohne sich noch einmal umzudrehen. Beinahe hätte Pieplow ihn zurückgehalten. Er musste Elisabeth Lambrecht genauso gekannt haben wie alle anderen hier. Warum also nicht ihn fragen, wo sie sich sowieso gerade über den Weg liefen?

Sei es aus Respekt vor Fines Mühe, ihm einen Namen zu nennen, sei es, um den Alten bei seinem vorgebeugten, schlurfenden Gang nicht aus dem Tritt zu bringen – Pieplow rief ihn nicht zurück. Stattdessen machte er selbst eine Kehrtwende. Nach wenigen Schritten stand er vor dem Haus von Irma Duve, das genau genommen ihrem Sohn gehörte. Mit warmer Hand gegeben, wie sie gern sagte, und dabei verschwieg, wie lange er sie deswegen bekniet hatte. Dass er jetzt, wo alles unter Dach und Fach war, auch ordentlich zupackte, zeigte die Baustelle, vor der Pieplow stand. Giebel und Dach verbreitern, den Schuppen sanieren und mit dem Haus verbinden, ein Anbau hinten hinaus in den Garten. Mauern und Putzen nach Feierabend, Innenausbau im Winter. Werner Duve hatte sich viel vorgenommen. Er setzte einen Fuß gerade auf die unterste Sprosse seines Gerüsts, als Pieplow mit der Gartentür quietschte.

»Was willst'n du?« Werner Duve hielt inne. Der Fuß blieb auf dem Gerüst, der Eimer mit dem breiigen, grauen Putz schwankte in seiner Faust.

»Mit deiner Mutter sprechen, wenn sie da ist.«

»Wieso'n das?«

»Es geht um früher. Um die Zeit vorm Krieg.«

»Wegen der Sache in Kloster?«

»Genau.«

»Na, dann. Sie ist drinnen.« Eine Kopfbewegung wies Pieplow den Weg. »Wahrscheinlich in der Küche. Geradeaus über die Diele, genau gegenüber der Haustür. Kannste gar nicht verfehlen.« Werner Duve hatte zu tun, und Neugier war seine Sache nicht. Er machte sich, den Eimer sorgfältig austarierend, an den Aufstieg hinauf zum Giebel.

Sogar im Haus hing der muffige Geruch von Zement und gab ihm etwas Unfertiges, obwohl in der dunklen, niedrigen Diele schon alles neu war: das Laminat, auf dem Pieplows Schritte klackten, die Tapeten an den Wänden zwischen den Zimmertüren aus Nussbaumnachbildung.

Er klopfte dort, wo die Küche sein musste, und wurde hereingerufen.

»Nanu, die Staatsgewalt?« Irma sah ihm über ihren Brillenrand aus wässrigen hellen Augen entgegen. »Was verschafft mir die Ehre?« Es klang spöttisch und schroff zugleich. Abweisender, als Pieplow es gewöhnt war.

»Ehre, dem Ehre gebührt.«

»Blödsinn. Und komm du mir nicht mit der Bibel.« Was Irma Duve in ihrem Leben an Gottesdiensten ausgelassen hatte, war nicht der Rede wert, und so war es zwangsläufig, dass sie ihren Römerbrief kannte. *Jedermann sei untertan der Obrigkeit, die Gewalt über ihn hat. Tust du aber Böses, so fürchte dich, denn sie trägt das Schwert nicht umsonst …*

»Setz dich hin und sag, was du willst.« Irma fischte die nächste Kartoffel aus dem Korb neben sich, setzte ihr gebogenes schmales Messer an und fügte dem kleinen Haufen Kartoffelschalen vor sich eine weitere hauchdünne Spirale hinzu.

»Kartoffelpuffer?«, fragte Pieplow. Der Berg faustgroßer Kartoffeln, Reibe und Schüssel ließen kaum einen anderen Schluss zu.

»Allerdings. Aber du bist ja wohl nicht hier, um dich nach unserem Abendessen zu erkundigen.«

»Nein, deswegen«, sagte Pieplow und schob das Bild über den Tisch. »Angeblich weißt du über dieses Mädchen am besten Bescheid.« Sein Zeigefinger tippte über dem blonden Lockenkopf auf das vergilbte Papier.

»Wer sagt das?« Ein schneller, kurzer Blick auf das Foto, ohne dass die Schalenschnecke Schaden nahm.

»Ooch«, machte Pieplow gedehnt. »Wir haben die

letzten Tage mit vielen gesprochen, und dabei fiel hin und wieder dein Name.« Er sah sie treuherzig an. Alles rein informativ, sagte sein Blick. Kein Grund, sich aufzuregen oder sich gegen ein paar Fragen zu sperren.

Ihre Hände sanken in den Schoß. Links die Kartoffel, rechts das Messer. Sie nickte. Hatte sich also doch der eine oder andere erinnert.

»Wir waren befreundet, Lissi und ich, das stimmt. Aber nur, bis sie weggegangen ist. Achtunddreißig, glaube ich, war das. Danach nicht mehr. Du weißt ja, wie's ist: Aus den Augen, aus dem Sinn.«

Jetzt war es an Pieplow zu nicken. »Wenn du mit ihr befreundet warst, weißt du wohl auch, warum sie fortgegangen ist und wohin«, sagte er so beiläufig wie möglich, während er die Fotografie scheinbar zerstreut vor sich hin und her schob.

»Sie ist nach Rostock gegangen. Wegen Geld, nehm ich doch an. Weil ihr die paar Kröten, die man hier verdienen konnte, nicht reichten. Und von zu Hause gab's auch nichts. Nur viele Geschwister und einen Haufen Arbeit. Da hat sie ihr Glück eben woanders gesucht.« Sie hatte die Hände wieder gehoben und ihr Messer schrappte energisch über eine braune Stelle im hellen Fleisch der Kartoffel.

»Und gefunden?« Pieplow sah, wie ihre Finger mit den tief eingegrabenen Witwenringen kurz innehielten, bevor sie antwortete.

»Woher soll ich das wissen? Du hast doch gehört, dass Schluss war mit der Freundschaft. Sie ist ihren Weg gegangen, ich meinen. Punktum. Mehr gibt's dazu nicht zu sagen.«

Pieplow hörte den Ärger in ihrer Stimme. Er sah sie die letzte Kartoffel zornig auf den gelblichen Berg werfen, der dadurch in bedenkliche Unruhe geriet. Er hörte auch, dass sie log. Oder zumindest so wenig bei einer ihm unbekannten Wahrheit blieb, dass es einer Lüge gleichkam.

»Sonst noch was?« Sie stützte sich auf die Tischkante, um von ihrem Stuhl aufzustehen.

Auch Pieplow erhob sich. Erst jetzt wurde ihm bewusst, wie klein sie war. Klein und dick, mit lieblos geschnittenem weißem Haar, durch das die Kopfhaut rosa schimmerte. Hübsch war Irma Duve wohl nie gewesen. Dazu waren die runden Augen zu klein, die Nase zu lang und zu breit, die Ohren mit den schlaffen Ohrläppchen zu groß.

»Nur eins noch«, sagte er. »Roloff. Dietrich Roloff, kanntest du den?« Er spürte, dass sie am liebsten nein gesagt hätte. Zu plötzlich wandte sie ihren Blick ab, zu emsig hantierte sie mit dem Küchenkram auf dem Tisch.

»Wer soll das sein?«

»Früher ein Bauleiter vom Wasserbauamt, der hier wohl der ›Ingenieur‹ genannt wurde. Heute ein Skelett, das wir unterm Schlesinger-Haus in Kloster gefunden haben.« Damit die Versuchung, sich ahnungslos zu stellen, für Irma Duve nicht allzu groß wurde, fügte er hinzu: »Seine Verlobte war ein Mädchen aus Vitte.«

»Ich weiß«, gab sie zu. »Clara Timpe. Aber kennen

wäre zu viel gesagt. Gesehen hab ich ihn ab und zu. Mehr nicht. Er hatte es nicht so mit Bauern und Fischern, und mit Handwerkern auch nicht.«

»Wie meinst du das?«

Sie setzte sich wieder, als brauche sie Schonung, und wirkte mit einem Mal müde.

»Wie ich's sage, Pieplow. Clara und Lissi und ich waren gleich alt. Natürlich kannten wir uns. Genauso wie heute die Kinder, die zusammen zur Schule gehen, zusammen zur Konfirmation. Aber dann geht's ans Arbeiten, ans Heiraten, ans Kinderkriegen. Da läuft manches auseinander. Die eine geht weg, die andere verlobt sich mit einem, der was Besseres ist, und man selbst hat sein eigenes Leben zu führen. Nicht mehr und nicht weniger.« Sie wischte mit der flachen Hand über den Tisch. Immer wieder über dieselbe Stelle. Dabei legte sie den Kopf schief, und der entblößte, faltige Hals wirkte so alt und verletzlich, dass Pieplow den Blick abwandte, als wolle er etwas so Intimes nicht sehen.

»Manche hatten gar keins mehr zu führen«, sagte er in die dämmrige Küche hinein. »Diese Clara nicht und Roloff auch nicht.«

Mit einem Ruck hob Irma den Kopf. Die Hand hörte auf zu wischen. Die Stirn wurde unwillig gerunzelt. Aber dann sagte sie nur: »Da ist wohl was dran, auch wenn's zwei verschiedene Paar Schuhe sind.«

»Woran ist sie überhaupt gestorben?«

»Clara? An Lungenentzündung. So was kam vor damals. War ja alles noch nicht so perfekt mit der Medizin.

Aber was bringt's uns, in diesen alten Sachen zu graben? Was gewesen ist, ist gewesen und außerdem so lange her, dass es schon gar nicht mehr wahr ist. Deswegen ist jetzt auch Schluss mit dem Gesabbel. Deine Fragen sind beantwortet, und ich muss mich ranhalten, sonst gibt's kein Abendbrot.«

Also doch, dachte sie, während sie blicklos weiter auf die Tür starrte, die sich längst hinter Pieplow geschlossen hatte. Also doch. Sie hätte es wissen müssen.

Es fügt sich eines zum anderen. Hier erzählt jemand etwas, dort erinnert sich einer an was auch immer. Und ehe man sich's versieht, kommt alles ans Licht. Die Leute werden sich das Maul zerreißen. Mit Fingern werden sie auf einen zeigen und sich ins Fäustchen lachen, dass dem dummen alten Huhn doch noch der Kopf aus dem Sand gezogen wird. Dass es geradestehen muss für das, was geschehen ist. Sich nicht herausreden soll mit den Zeiten, die so ganz andere waren.

14

Wenn man das Gewohnte aus einer fremden Perspektive betrachtet, verändert es sich von einer Minute zur anderen. Lautlos, wie von Zauberhand. Ohne dass auch nur ein einziges Staubkorn seinen Liegeplatz verlässt. Geschweige denn der Sand unter dem Sisalläufer im Flur oder die Bierflaschen von vor zwei Tagen.

Alles andere als einladend, stellte Pieplow fest, als er versuchte, seine Wohnung durch prüfende Frauenaugen zu sehen. Geradezu deprimierend. Sogar für ihn, der eine gepflegte Unordnung durchaus zu schätzen wusste. Hier ein aufgeschlagenes Buch, da ein Zeitungsstapel. Es durfte ruhig auch das eine oder andere Kleidungsstück herumliegen, wo es eigentlich nicht hingehörte. Aber irgendwann in der letzten Zeit musste Qualität in Quantität umgeschlagen sein. Das Ergebnis konnte bestenfalls unvorteilhaft genannt werden.

Passt zu mir, kam es Pieplow in den Sinn. Alles nicht mehr ganz taufrisch. Ein Sofa mit Kuhle, wo sein Hintern jeden Fernsehabend den Schaumstoff platt drückte. Passabel bestückte Bücherregale, aber keine einzige bibliophile Kostbarkeit. Zwei Sessel, von denen einer immer am Fenster stand und inzwischen speckige Lehnen hatte. Zu viele einsame Sternennächte und zu wenig Gelegenheit, auch den zweiten Sessel zu benutzen.

Er merkte, wie sein Selbstbild, zurückgeworfen von diesem staubigen grauen Spiegel, zunehmend litt, und begann zu putzen. Er hörte erst wieder auf, als die Waschmaschine lief, nachdem er sogar das Bett neu bezogen hatte. Das war turnusmäßig dran und hatte nichts damit zu tun, dass morgen Marie kam.

Vielleicht wären Blumen auf dem Tisch nicht verkehrt. Aber im knöchelhohen Gras seines Gartens entdeckte er nichts, mit dem er sich nicht lächerlich machen würde. Blieb nur, auf den Gartentisch zu steigen und über den mannshohen Zaun zu langen, mit dem Benzlau ihm die Sicht auf die Mädels in seinem Schlepptau verwehrte, und sich an dessen Kletterrosen zu bedienen.

Als auch noch das Gras gemäht war, konnte das Ergebnis sich sehen lassen, fand er. Arm, aber sauber, wie Großmutter Pieplow zu sagen pflegte, wenn sie ihm seine frisch geflickten Hosen gewaschen und geplättet in den Schrank legte.

Zufrieden gönnte er sich sein Feierabendbier.

»Wer ist denn die Glückliche?«

Vor Schreck setzte Pieplows Schluckreflex aus. Gestautes Bier prickelte zwischen Rachen und Nase. Erst als es heruntergewürgt war, konnte er reagieren. »Mensch, Benzlau! Hast du mich erschreckt.« Er rappelte sich aus dem Sessel hoch, um den Gast zu begrüßen, mit dem er frühestens morgen gerechnet hatte.

Benzlaus »Gut siehst du aus« parierte er artig mit einem »Du aber auch«, obwohl das Gegenteil offensichtlich war. Benzlau hatte zugenommen. Der Gürtel seiner Hose schnitt eine tiefe Spur in das Polohemd über seinem Bauch, der so weich und schwammig wirkte wie das enorme Doppelkinn. Dass der Panamahut fehlte, ließ den Blick auf die fusseligen Haarreste zu, die er sonst verbarg.

»Entweder du lügst, oder du hast ein Faible für alte, fette Marabus mit grindigen Köpfen und schwarzen Füßen.« Benzlau lachte und schlug ihm jovial auf die Schulter. Wenn Pieplow noch Bier im Mund gehabt hätte, wäre es spätestens jetzt zur Nase herausgekommen.

»Also, wer ist es?«

»Wer soll was sein?«

»Die Frau, für die du diesen Aufriss hier veranstaltest.«

Pieplow stellte sich stur. »Ich hab keine Ahnung, was du meinst.« Er reichte Benzlau eine Flasche Bier und sah zu, wie er sie mit einem Zug zur Hälfte leerte.

»Verarschen, mein lieber Daniel, kann ich mich alleine. Wenn ich wollte, dass auch der größte Döskopp in seinem Kinosessel kapiert, was los ist, würd ich einen Bullen seine Bude putzen und Blumen klauen lassen. Und da ich in diesem Fall auch noch der Beklaute bin, ist die Frage doch wohl legitim, für welche Inselschönheit du dich so ins Zeug legst.«

Es half nichts, Benzlau würde nicht lockerlassen, und

Pieplow versuchte sich in Schadensbegrenzung: »Erstens hatte ich in den letzten Wochen so viel um die Ohren, dass ich nicht dazu gekommen bin, den Feudel zu schwingen. Zweitens kommt morgen Marie.«

»Ha, ich wusste es doch!«, rief Benzlau mit erhobenem Zeigefinger und in dramatische Falten gelegter Stirn. »Die spröde Schöne und der Polizist.«

»Quatsch«, sagte Pieplow. »Sie bringt was vorbei, das ist alles.«

»Na klar«, sagte Benzlau betont väterlich und kniff ein Auge zu. »Apropos vorbeibringen. Es ist doch eine ganze Menge Material, und ich dachte, wir können es uns gemeinsam ansehen, bevor meine Bagage morgen eintrudelt.« Er wedelte mit einer flachen, quadratischen Plastikhülle. »Alles auf DVD. In Spitzenqualität. Mein Techniker hat sich quasi selbst übertroffen.«

Pieplow hatte keine Ahnung, wovon die Rede war. Benzlau half seiner Erinnerung auf die Sprünge. Das Gespräch, das er trotz Benzlaus freundlichem Angebot so unfreundlich abrupt beendet hatte.

»Welches Angebot?«

»Eins, das du nicht ablehnen kannst«, witzelte Benzlau. Dann wurde er ernst: »Die Rede war von meinem Archiv. Nicht dem der Produktionsfirma, sondern meinem privaten. Bestückt mit allem, was die Öffentlichkeit nichts angeht. Zum Beispiel die völkischen Fingerübungen meines alten Herrn.«

Pieplow begriff ziemlich schnell, was Benzlau damit meinte.

Bilder wie Glaubensbekenntnisse.

Der Mann als Bezwinger der Gewalten mit muskulösem Körper und zupackenden Fäusten. Die Arbeit als edelste Form des Menschseins.

Fürchterlich.

Fischer als Beherrscher der Elemente.

Bauern mit Sensen und Dreschflegeln. Nackte Oberkörper in Sonnenglut und Erntestaub.

Männer mit unerschöpflicher Kraft im Kampf gegen die See. Tonnenschwerer Granit als Waffe gegen Raßmus, den Räuber an Land und Volk.

»Halt!« Pieplow sprang auf. »Halt an und spul zurück!« Er ging vor dem Fernseher auf die Knie, starrte auf die zuckenden Bewegungen im schnellen Rücklauf und rief »Da!«, als der Mann am Steinwall ins Bild kam. Ohne Hut und Jackett, die Ärmel des weißen Hemdes hochgekrempelt. Ein Arm ausgestreckt in Richtung Wall und Meer. Im anderen lange Papierrollen, seitlich gehalten wie Schlachtpläne an der Feldherrenbrust.

Roloff. Darauf hätte Pieplow das Familiensilber gewettet, auch wenn es außer Brille und Wichtigtuerpose nichts gab, womit er seine Vermutung begründen konnte. Dietrich Roloff, genannt der Ingenieur. Ermordet im Frühjahr 1939. Fast siebzig Jahre später als Standbild auf dem Fernsehschirm im Wohnzimmer des Polizeiobermeisters Daniel Pieplow.

»Kann man davon Bilder machen? Vergrößerungen und so was?«

Benzlau nickte. »Machen kann man fast alles, vorausgesetzt, man hat genug Ahnung und das richtige Equipment. Ich schätze mal, beim LKA gibt's beides.«

»Mmh«, machte Pieplow, und dann sprach eine Weile keiner von beiden. Pieplow holte Bier. Benzlau drückte auf den Startknopf. Die Männer auf dem Huckedamm arbeiteten weiter. Unverkennbar heldenhaft. Pieplow schüttelte ratlos den Kopf. Konnte kaum glauben, dass Hiddenseer dabei mittaten. Für so was waren sie doch zu stur. Zu dröge. Man machte seine Arbeit, und gut. Von wegen bezwingen und beherrschen. Leben und leben lassen, so waren die Leute hier gestrickt. Wenn schon Helden, dann knorrige, wortkarge. Aber nicht dieser heroische Schwulst.

»Sieh an. Daniel Pieplow wundert sich.« Benzlau grinste, wenn auch ein wenig bitter. »Warte, bis du den Rest auch angeguckt hast, dann weißt du, wozu eine Filmkamera verführen kann. Erst recht, wenn der Mann dahinter einen Auftrag der Reichsfilmkammer in der Tasche hat und die lokalen Nazi-Größen ihm die Stiefel lecken.«

Dass es der Bessin war, sah Pieplow sofort. Junges, unberührtes Land mit zartweißem Sand, verborgen hinter dichtem Sanddorngebüsch.

Lichtreflexe auf heller, reiner Haut. Frauen am Wasser. Brüste und Scham der Sonne dargeboten. Quell des Lebens. Schoß der Nation. Weihepriesterinnen der ewigen Ordnung.

»Oh, Mann.« Mehr fiel Pieplow dazu nicht ein.

»Du sagst es. Auch wenn der erst zum Zug kommt,

wenn der offizielle Teil der Aufnahmen im Kasten ist.«

»Du meinst …« Pieplow suchte eine unverfängliche Formulierung.

»Bist du so naiv, oder tust du nur so? Klar meine ich. Damals ging's auf dem Bessin hoch her. Und mein Alter Herr immer mittenmang. Darüber konnte ihm dreißig Jahre später noch der Schweiß ausbrechen. Der Lustschweiß, wohlgemerkt. Hättest ihn mal hören müssen in interessierter Männerrunde. Von der Jungfer Blasewitz bis zum Heideröslein muss alles dabei gewesen sein.« Als Regieanweisung für den Film in Pieplows Kopf hechelte Benzlau wie eine erschöpfte Bulldogge.

»Heideröslein?« Pieplow zog fragend die Augenbrauen hoch.

»Röslein wehrte sich und stach / Half ihm doch kein Weh und Ach / Musst es eben leiden …«

Benzlau, der Kulturmensch.

* * *

Pieplow schlief schlecht in dieser Nacht. Er fand trotz der Biere mit Benzlau den Weg aus den Bildern des Abends nicht. Sie zogen durch seine Träume, wurden dunkler und quälender und rissen ihn in ihrem Sog mit sich fort.

So laut er auch schrie, die Männer wollten nicht auf ihn hören. Mit übermenschlicher Kraft schleuderten sie steinerne Kolosse wie Kiesel ins Meer. Unaufhörlich. Unbeirrbar. Obwohl sie doch sehen mussten, dass Gliedmaßen aus den Hohlräumen zwischen den Gesteinsbrocken ragten. Arme, Beine, weiß, blutig. Manche noch zuckend, wenn der tonnenschwere Granit sie traf und zerquetschte. Ihm blieb nichts, als ohnmächtig zuzusehen, während er zu versinken drohte, weil sich dort, wo er stand und schrie, der Boden gurgelnd und schmatzend mit Wasser vollsog.

Es kam ihm wie eine Ewigkeit vor, bis er sich an die Oberfläche seines Bewusstseins gekämpft hatte, nur um festzustellen, dass es weiter gurgelte und schmatzte. Pieplow brauchte zwei, drei Minuten, bevor er die Ruhe spüren konnte, die von dem satten, gleichmäßigen Herbstregen auf das Strohdach ausging.

Schweißnass und frierend saß er auf seiner Bettkante und blinzelte hinüber zur Uhr. Halb fünf. Früh genug, um etwas gegen den Schmerz zu tun, der von innen gegen seine Stirn pochte, und danach vielleicht noch eine Mütze erholsameren Schlafs zu bekommen.

Ohne Licht zu machen tapste er, eine Hand auf den Schädel gepresst, über den Flur in die Küche. Dass auf halbem Weg das Bier stand, das ihm nicht mehr geschmeckt hatte, bedachte er ebenso wenig, wie den Aschenbecher neben Benzlaus Sessel. Schales Rostocker Pils mischte sich mit der Asche zerfledderter Zigarilloreste und floss als grauer Brei über die Teppichkante.

Na prima, dachte er, während er zwei Tabletten hinunterwürgte. Dieser Murphy war nur zuerst da gewesen. Eigentlich müsste es Pieplows Gesetz heißen. Nicht nur zwei Stunden Arbeit für die Katz, jetzt auch noch verranzter Spelunkengestank, gegen den keine Rose der Welt ankommt. Erst recht nicht die mickrigen Dinger von Benzlaus Spalier.

Im Morgengrauen machte er sich auf den Weg an den Bodden. Weil aus dem erholsameren Schlaf nichts geworden war. Weil im Bett zu liegen die Gedankenschraube nach unten drehte, bis sich vor lauter Sinnlosigkeit das Aufstehen kaum noch lohnte. Weil er vor langer Zeit schon gelernt hatte, was es hieß, wenn er sich so fühlte – und was dagegen zu tun war.

Er musste sich entscheiden.

Entweder nichts mehr tun. Keine Gedanken mehr wälzen, keine Fragen mehr stellen. Sich nicht von qualligen Ahnungen bedrängen lassen, sondern das machen, wofür er bezahlt wurde. Gerade, saubere Polizeiarbeit. Klare Aufträge, für die es weder Ehrgeiz noch Intuition brauchte. Erst recht kein spitzfindiges Philosophieren über die Folgen des eigenen Tuns.

Oder handeln und den Ahnungen eine Richtung geben. Vermutungen zulassen, Verbindungen herstellen. Schlüsse ziehen und beweisen.

Die Insel lag still, als wartete sie mit angehaltenem Atem auf den Tag. Der Bodden glatt gezogen zwischen den Wettern, das eine nach Westen davongeweht, das andere aus Osten noch nicht herangekommen. Das Wasser im ersten Tageslicht grau und glänzend wie geölter Stahl.

Pieplow stand bewegungslos, die Hände tief in den Jackentaschen vergraben, die Augen in den Himmel zwischen Nacht und Tag gerichtet. Er ließ die Gedanken schweifen und sich über die Zeit spannen, bis der Mann auftauchte, der vor mehr als siebzig Jahren hierhergekommen war.

Es gilt, einen Damm zu bauen, ein Bollwerk gegen die Gewalt der See, solange noch Männer da sind, die diese schwere Arbeit tun können. Raue, grobe Männer, die mit eiserner Hand geführt werden müssen, weil sie nichts haben als tags diese Arbeit und nachts den Rausch, der ihnen das Leben in den Baracken erträglich macht.

Ein Mann in seinem, Pieplows, Alter. Groß, schlank, sehr korrekt mit Anzug und Krawatte. Ein guter Tänzer mit schönen Händen, auf den die Frauen ein Auge werfen, auch wenn es schon längst eine Braut gibt. Er stellt etwas dar, hat eine wichtige Aufgabe. So bedeutend ist er, dass er für einen Ingenieur gehalten wird. Er lässt die Leute in diesem Glauben. Es schmeichelt seiner Eitelkeit, seinem Wunsch, ein mächtiger Mann zu sein. Einer, der anordnen, befehlen, strafen kann.

Fast zwei Jahre ist er hier, macht seine Arbeit, geht zum Tanz, verlobt sich.

Zwei Jahre, in denen ein Unglück nach dem anderen geschieht.

Ein Mädchen taumelt verletzt und geschunden durch die Nacht. Elche zertrampeln ein elfjähriges Kind.

Eine junge Frau verlässt für immer die Insel, und eine andere stirbt, bevor sie die Frau ebendieses Mannes werden kann.

Am Ende trifft es ihn selbst, der sich so viel von der Insel erhofft hat. Ansehen. Erfolg. Und das Glück, das er Monate vor seinem eigenen Tod begraben muss.

Zwischen all dem musste es einen Zusammenhang geben, das spürte Pieplow. Aber mehr hatte er nicht. Nur dieses Gefühl, dem er bisher mit nichts Vernünftigem hatte beikommen können.

Wie auch, dachte er, während er sich am Wasser entlang auf den Heimweg machte, wenn es Indizien nicht gibt, Beweise erst recht nicht, und niemand mehr am Leben ist, der noch etwas über diese beiden Jahre weiß. Wissen will, um genau zu sein, denn er hatte nicht den leisesten Zweifel daran, dass zum Beispiel Irma Duve nicht bei der Wahrheit blieb.

Fragte sich nur, warum.

* * *

Ein zusammengestückeltes Gerüst, darüber ein windschiefes Dach, mit Teerpappe abgedichtet. Nicht schön, aber allemal ausreichend, um darunter das Holz zum Trocknen aufzuschichten. Am liebsten Erlenholz, das Karl Lambrecht hinten auf seinem Grundstück zusammensuchte, wo in der feuchten Senke drei große Bäume prächtig gediehen. Wer so wie er etwas vom Fischräuchern verstand, der nahm Erle. Am besten gut abgelagertes, totes Holz, das der Wind aus den Kronen gebrochen hatte.

Für einen jungen, gesunden Mann mochte das Sammeln und Kleinmachen und Stapeln keine Arbeit sein, aber wenn man so alt und gichtig war wie er, kostete es Mühe und brauchte Stunden.

Es hatte nicht lange gedauert, das Wichtigste über ihn herauszufinden. Er war das jüngste der Lambrecht-Kinder und das einzige, das noch hier lebte. Als seine Schwester die Insel verließ, musste er sieben oder acht gewesen sein. Alt genug also, um sich daran erinnern zu können.

Pieplow sah vom Zaun aus ein paar Augenblicke zu, wie Karl Lambrecht mit steifen, langsamen Bewegungen vor sich hin werkelte. Ein friedliches Bild. Der alte Mann, die Herbstwiese, im Hintergrund der Bodden. Aber der Alte war unberechenbar. Jähzornig wie der Vater, sagten die Leute. Argwöhnisch und immer auf dem Quivive, dass ihn ja keiner übers Ohr haute. Den Polizisten am Zaun musste er längst bemerkt haben, aber er sah nicht hoch und schenkte ihm keinerlei Beachtung. Erst als das Tor quietschend meldete, dass Pieplow das Grundstück betrat, hob er den Kopf.

»Was willst du?« Keine Begrüßung, keine überflüssigen Floskeln. Gegen Polizisten war er allergisch, egal welche Farbe die Uniform hatte.

Pieplow nahm es hin, dass er geduzt wurde, obwohl es ihn diesmal störte. Er rang sich zu den üblichen Polizistenhöflichkeiten durch, einschließlich der Entschuldigung für seinen frühen Besuch. Aber der Leichenfund in Kloster …

»Ist mir scheißegal«, fiel ihm Lambrecht ins Wort. »Nur damit du Bescheid weißt. Wissen tu ich nichts und will ich auch nicht. Halt dich an die Quassler, und lass mich in Ruhe.« Er zog Rotz hoch, den er seitwärts ins Gras spuckte.

»Es geht um Elisabeth«, fuhr Pieplow unbeirrt fort. »Oder Lissi, wenn Ihnen das lieber ist. Ich möchte gern wissen, warum sie damals fortging und was aus ihr wurde.«

»Wüsste nicht, was euch das angeht«, knurrte der Alte störrisch und fuhr sich mit dem Handrücken unter der Nase entlang.

»Es könnte sein, dass sich Anhaltspunkte ergeben, die uns bei der Rekonstruktion der Ereignisse weiterbringen. Immerhin kannte Ihre Schwester die Leute, auf deren Grundstück der Tote gefunden wurde.«

»Wer erzählt solchen Quatsch? Etwa Irma, die olle Betschwester? Die soll bloß den Sabbel halten und sich um ihren eigenen Scheiß kümmern.« Früher, als er noch aufrecht gehen konnte und muskulös war, hätte es bedrohlich gewirkt, wie er jetzt ruckartig den Kopf nach hinten warf, die Schultern straffte und die Hände ballte. Jeder Küchenjunge hätte gewusst, was es hieß, wenn Karl Lambrecht schmale Augen machte und seinen Brustkorb so mit Luft vollpumpte, dass sein Gebrüll bis in den Speisesaal zu hören war, wo die Ängstlichen unter den Gästen schon mal zusammenzuckten. Aber nun, da die knotigen Hände keine richtigen Fäuste mehr zustande brachten und er so unsicher stand wie ein Kind mit nackten Füßen auf grobem Kies, schüchterte er niemand mehr ein.

»Also«, beharrte Pieplow, »warum ist sie gegangen?« Ohne Hast knöpfte er die Brusttasche seiner Uniformjacke auf, zog Stift und Notizbuch heraus und wartete auf Antwort. Die ruhigen Bewegungen seiner Hände wurden ebenso grimmig gemustert wie die dicht beschriebenen Seiten, in denen er blätterte, als gäbe es etwas zu überprüfen.

»Warum, warum!«, schnauzte Lambrecht. »Ein Kind hat sie sich machen lassen, die dumme Kuh, und der Alte hat sie vom Hof gejagt. Darum!« Jetzt lief nicht nur die Nase. Auch in den rötlichen Buchten der schlaffen Unterlider sammelte sich Flüssigkeit. Lambrecht kramte nach einem Taschentuch.

Pieplow wartete, bis Lambrecht genug geschnäuzt und gewischt hatte, bevor er nach dem Kindsvater fragte.

Lambrechts Gesicht bekam einen verächtlichen Ausdruck. »Gute Frage! Kann ich aber leider nicht beantworten. Sie hat's nämlich nicht sagen wollen. Ums Verrecken nicht. Hätte sich eher totschlagen lassen.« Lambrecht schwankte, so gewaltig brandete plötzlich die Erinnerung an. Er griff nach dem Rechen, mit dem er die kleineren Zweige zusammenharkte. Die hölzernen Zinken drückten das Gras flach, als er mit beiden Händen den Stiel umfasste und sich schwer darauf stützte.

Dabei hatte er sich nicht erinnern wollen. Nie mehr. Wozu auch? Was gewesen ist, ist gewesen. Ändern lässt sich nichts und ungeschehen machen auch nicht.

Nur die eigene Ohnmacht immer wieder erleben, das Gefühl, sich gleich in die Hosen zu pissen vor Angst. Spüren, wie Wut und Tränen nach draußen drücken, bis es rund um die Augen schmerzt, als müssten sie aus dem Kopf platzen, das hält keiner aus.

Am besten vergisst man das Schreien und Poltern. Das dumpfe Klatschen der Schläge und den Schrecken beim Anblick der Schwester. Wie ihr das Blut aus der Nase rinnt. Aus dem Mund und einmal sogar aus dem Ohr. Und am Morgen ist ihr Kissen rostrot durchtränkt.

Da ist es schon besser, die Lissi ist weg. Prügel gibt's nun wieder wie immer, wenn einer was ausgefressen hat. Das Geschrei ist vorüber, es ist sogar stiller als jemals zuvor, weil die Mutter nur noch das Notwendigste spricht – ja, nein – und gar nicht wieder froh werden kann. Am fröhlichsten ist sowieso die Lissi gewesen. Ihr Lachen – einmalig. Nie wieder hat er so ein Lachen gehört. Außer im Traum noch manchmal. Irgendwann ist auch das vorbei, und er ist froh drum, denn immer tut sein ganzer Körper weh, wenn er wach wird und Lissis Lachen geträumt hat.

Aber das war lange her, sein ganzes Leben, könnte man sagen, und ging niemanden etwas an. Und die Polizei schon mal ganz und gar nicht.

»Was ist aus dem Kind geworden?« Pieplow musste die Frage zum zweiten Mal stellen, damit der Alte aus seinen Gedanken aufschrak.

»Welchem Kind?« Die Stimme klang brüchig.

»Sie sagten, Lissi sei schwanger gewesen, als sie fortging«, wiederholte Pieplow geduldig.

»Keine Ahnung.« Schulterzucken.

»Haben Sie nicht wenigstens einen Namen, eine Adresse? Möglicherweise …«

»Ich sag doch: nein! Findet's raus, wenn's euch interessiert. Ihr seid doch die Schnüffler, nicht ich. Und jetzt mach, dass du Land gewinnst. Ich hab zu tun.« Er drehte sich um und schlurfte Richtung Erlenbruch, wobei er den Rechen achtlos hinter sich her schleifte.

* * *

Der Qualm, der mit dem Gebrummel tiefer Männerstimmen aus dem offenen Fenster der Wache waberte, ließ auf einen mittleren Schwelbrand schließen. Pieplow schwante, was ihn erwartete, und er hätte am liebsten kehrtgemacht, runter zum Hafen, Licht und Sauerstoff tanken, fügte sich dann aber doch in sein Schicksal.

Drei von denen, die Karl Lambrecht die Quassler nannte, saßen in trauter Runde im Dienstzimmer. Een Weck, Mall Breker, Erwin Schulte, der ohne Ökelnamen auskommen musste. Auch ohne Tabak, seit der Doktor ihm das Priemen verboten hatte.

»Moin, Pieplow!« Mall sprach, die anderen nickten. »Ok eenen?« Der knittrige Kopf mit den langen gelben Zähnen nickte zur Schnapsflasche neben den unausgefüllten Berichtsformularen auf Kästners Schreibtisch.

»Nee, lass man.«

»Polizeiobermeister Pieplow trinkt nicht im Dienst«, frotzelte Kästner, für den offenbar kein Schnapsglas mehr übrig gewesen war, und prostete Pieplow mit seinem Kaffeebecher zu. Aber als Een die Flasche ein weiteres Mal rundgehen ließ, winkte auch Kästner ab.

»Wir sind mitten in der Zeugenvernehmung zur Person des feinen Herrn Roloff«, klärte er Pieplow auf. »Muss ein ziemlicher Schinder gewesen sein.« Zustimmendes Nicken in der Runde. »Hohes Plansoll. Jeden Tag und bei jedem Wetter. Wer nicht parierte, flog raus. Wer krank war, auch, selbst wenn er auf der Baustelle verunglückt war.«

»Gab's öfter«, stimmte Erwin Schulte zu. »Zwischen den Steinen war schnell mal 'n Fuß zerquetscht. Zwei Tonnen Granit, da bleibt nicht viel über. Meine Schwägerin, die hat …«

»Ist doch egal jetzt. Hier geht's um was ganz anderes«, schnitt Mall ihm das Wort ab.

»Ach, und um was, wenn ich fragen darf?«

»Na, um deine Schwägerin gewiss nicht. Die wird's ja nicht gewesen sein, die …«

»Hab ich was davon gesagt? Vielleicht kann ich erstmal …«

Pieplow versuchte nicht hinzuhören und war Kästner dankbar, als er dem Gezänk ein Ende machte.

»Verstehe ich euch richtig?«, hakte er nach. »Ihr haltet es für möglich, dass einer der Arbeiter Roloff umgebracht hat?«

»Genau«, bekräftigte Erwin. »Jawoll«, brummte Een. Mall paffte und nickte.

Kästner warf einen vielsagenden Blick über den Schreibtisch. »Schätze mal, das wird den Kommissar freuen: ab ins Wasserwirtschaftsamt, Listen ausgraben. Vorausgesetzt es gibt überhaupt noch welche. Und wenn ja, dann allen hinterherforschen, die damals auf der Baustelle gearbeitet haben.« Er hob die Arme und breitete die Hände aus. »Gehet hin in alle Welt und suchet, so werdet ihr finden!«

Pieplow konnte nur Vermutungen anstellen, wie viel Schnaps in dem Kaffeebecher gewesen war.

»Sind ja manche auch noch hier«, gab Een zu bedenken. »Müsst ich mal überlegen, wer. Aber der ein oder andere ist wohl geblieben.«

Kästner ließ die Arme sinken. »Wie meinst du das?«

»Wie ich's sag. Sind hiergeblieben, als der Damm nicht weitergebaut wurde. Haben was anderes gemacht. Geheiratet. Sind so was wie Hiddenseer geworden.«

»Knoop, zum Beispiel. Otto Knoop«, fiel Erwin ein.

»Wohl wahr. Aber der ist tot, der nützt uns nix mehr.«

»Kuddel!« Wie ein Schuljunge reckte Mall einen krummen, schrumpligen Finger in die Luft, der genauso gelb war wie seine Zähne. »Kuddel Lambrecht.«

»Der war aber Hiddenseer«, stellte Een richtig.

»Weiß ich selbst! Aber am Damm gearbeitet hat er.«

Pieplow war sofort hellwach. »Karl Lambrecht? Der muss doch noch ein Kind gewesen sein!«

Der krumme Zeigefinger bewegte sich ein paar Mal schnell hin und her. »Der junge, ja. Den mein ich aber nicht, sondern den alten Karl Lambrecht. Der hat mit seinem Klepper Fuhrdienste beim Dammbau gemacht.«

Ungeduldig tockte Pieplow mit dem Kugelschreiber auf seine Schreibtischunterlage, als die Kabbelei um den Wert dieser Information von neuem losging. Karl Lambrecht, der alte wohlgemerkt, sei ebenso tot wie Otto Knoop, als Zeuge also unbrauchbar. Und außerdem nicht mehr dabei gewesen, als Roloff starb. Erst danach, unter dem neuen Bauleiter, konnte er wieder anfangen.

»Warum?«, wollte Pieplow wissen.

Ahnungsloses Schulterzucken. Vielleicht wegen der Sauferei? Eine Zeit lang war's wirklich schlimm mit ihm. Nach der Geschichte mit der Tochter, der Lissi, schien überhaupt kein Halten mehr. Erst will er sie totschlagen und scheint es ernst zu meinen. Prügelt sie, dass sie grün und blau ist und nirgendwo mehr hin kann. Und als sie dann weg ist, säuft er sich beinah um den Verstand. Das macht kein Chef mit. Und schon gar nicht ein so scharfer Hund wie dieser Roloff.

Wie lange Lambrecht arbeitslos gewesen war, ließ sich nachrechnen. Herbst bis Sommer nach Roloffs Verschwinden. Hart war's ihn angekommen mit seinem kaputten Arm. Schließlich hatte er einen Haufen Mäuler zu stopfen und nun fehlte auch noch das Geld, das die Älteste nach Hause gebracht hatte. Sie lebten im wahrsten Sinne von der Hand in den Mund bei dem, was das bisschen Acker und Kleinvieh hergab. Schenken ließ er sich nichts, aber die Frau, die nahm es an, wenn ihr mal jemand ein paar Fische vorbeibrachte.

Vielleicht war der Jüngste deswegen Koch geworden? Um immer volle Töpfe vor der Nase zu haben? Möglich wär's doch. Möglich wär's, das meinten auch Kästner und Pieplow, denen klar wurde, dass sie nach den fehlenden zweitausend Mark gar nicht erst zu fragen brauchten.

»Wo ist die Lissi denn hin?«, fragte Pieplow betont beiläufig, während er auf seinem Schreibtisch Papier von links nach rechts räumte.

Stralsund, glaubte Een, dem das weit genug weg schien, um der Maläse zu Hause zu entkommen.

Rostock, wollte Mall es besser wissen. Erst Rostock und später rüber nach'm Westen. So hatte er es gehört, wenn mal über Lissi gesprochen wurde.

»Du warst doch bei Irma Duve.« Erwin Schulte sah zu Pieplow hinüber. »Die muss doch wissen, was aus Lissi geworden ist.«

Pieplow schüttelte den Kopf. »So gut haben sie sich wohl doch nicht gekannt …«

»Pah! Und den Bären lässt du dir aufbinden? Klar weiß die Bescheid!«, empörte sich Mall Breker. »So dicke, wie die miteinander gewesen sind? Die waren doch wie siamesische Drillinge, die drei Mädels. Da will sie doch nicht ernsthaft behaupten, dass davon nichts geblieben ist. Erst recht, nachdem die andere tot war. Wie hieß sie gleich?«

Een und Erwin mussten nachhelfen. »Die Kleine von Timpe.« – »Clara.«

Mall sog an seinem Stumpen, dass die Spitze kreisrund glühte. »Noch so 'ne vermaledeite Geschichte. Hat sogar was mit eurem Roloff zu tun, sie war nämlich …«

»Seine Verlobte«, versuchte Pieplow das Gespräch zu straffen. »So viel wissen wir schon. Auch dass sie kurz vor der Hochzeit gestorben ist.«

»Dann ist ja gut.« Mall klang eingeschnappt. »Wenn ihr alles schon wisst …«

»Den alten Timpe hat's hart getroffen.« Een, der selbst Töchter hatte, machte ein mitleidiges Gesicht. »Da denkst du, du hast sie endlich unter der Haube – eine gute Partie war er ja, der Roloff –, und dann so was.«

»Danach war nichts mehr mit ihm anzufangen. Grade mal, dass er noch seine Arbeit gemacht hat, aber sonst … Wisst ihr noch, wie er bei Gewitter immer raus ist auf den Bodden? War nicht davon abzubringen. Aber der liebe Gott hat ihm was gehustet. Nix war mit Blitzschlag und aus!« Erwin wackelte betrübt mit dem Kopf. »Er hat's bis zum Ende durchstehen müssen.«

»Stimmt«, bestätigte Een. »Über neunzig musst' er werden, da gab's kein Vertun.« Er packte seine Pfeife, so heiß, wie sie sein mochte, in die Jackentasche und gab damit das Zeichen zum Aufbruch. Kurz vor zwölf. Zu Hause wartete das Essen. »Wenn ihr noch Fragen habt … Ihr wisst ja, wo ihr mich findet. Jetzt muss ich aber.«

Einer nach dem anderen schlurfte zur Tür, am Rauchverbotsschild vorbei, die Treppe hinunter.

Weil die Fenster der Wache zur Mühle hinausgingen, konnte Pieplows Blick ihnen nicht folgen, aber vor seinem inneren Auge stand deutlich das Bild der drei Alten, wie sie an der Blauen Scheune vorbei nach Hause zockelten.

15

Fast eine Stunde sind sie im Rathaus gewesen. Man hat sie gesehen, wie sie im Gänsemarsch um die Hausecke zogen. Mall vorneweg wie immer, und wozu sie den Schnaps brauchten, den er trug, weiß hier jeder. Sich den Tag passig saufen und die Geschichten, die sie sich zusammenspinnen.

Ein Kreuz ist es mit Männern, die nichts zu tun haben, als anderen in die Suppe zu spucken. Ein wahres Kreuz. Nichts als Schaden richten sie an mit ihrem Geschwätz.

Dabei haben sie keine Ahnung. Woher auch? Jung, wie sie waren. Weiberkram hat die drei ebenso wenig interessiert wie die erwachsenen Männer. Sollten die Frauensleute das unter sich ausmachen und Bescheid sagen, wenn zum Feiern die Buddeln auf dem Tisch standen.

Bei Claras Verlobung gab's keinen Schnaps. Für uns nicht und schon gar nicht für Een oder Mall oder einen der anderen.

Verglichen mit den lauten, menschenvollen Stuben, die wir sonst bei solchen Festen gewohnt waren, saß damals eine kümmerliche Runde in Freeses Speisesaal mit den hohen Spiegeln und den schweren Samtportieren.

»Im kleinen Kreis«, nannte Marga Timpe das und tat vornehm. Aber die Wahrheit ist, dass Dietrich Roloff niemanden hatte, den seine Verlobung interessierte. Darüber täuschte auch die Anzeige nicht hinweg, die für weiß wen im Stralsunder Tageblatt erschien.

»Ein Mann in seiner Position hat wenig Freunde. So ist das nun mal. Bedauerlich, aber wahr«, wollte Marga uns weismachen und quittierte Mutters mitleidiges Staunen mit dem hochnäsigen Gesichtsausdruck, den sie sich zugelegt hatte wie das Verlobungskostüm.

»Neueste Mode aus Berlin«, plapperte sie nach, womit die Verkäuferin sie geködert hatte. »Der gleiche Stil, wie unsere Frau Goebbels ihn trägt.«

Es kränkte mich, wie sie Mutter mit ihrem aufgetakelten Getue klein machte. Aber viel schlimmer war, wie sie Clara verhökerte. Sie anpries wie eine Ware und die Aussteuer aufstockte, als gäbe sie Rabatt, damit das Geschäft zustande kam, bei dem Clara nur stillhalten sollte: »Man muss sie führen, die jungen Dinger. Die Zügel fest in der Hand halten. Sonst laufen sie aus der Spur, und man sitzt da mit den Scherereien. Wenn sie erstmal begriffen haben, was gut für sie ist, findet sich alles andere von allein.«

Oft dämpfte sie ihre Stimme zu einem Geraune, das mir einen Strich durch die Rechnung machte, wenn ich in die Küche hinüberlauschte. Aber die Weisheit von den Mädchen, die man wie Pferde im Zaum halten muss, verkündete sie so laut, dass ich es nicht überhören konnte.

Obwohl sie ihre Pfeile ins Blaue schoss, fühlte ich mich ertappt, weil ich wusste, was sie nur ahnte.

Sie sprach nicht von Clara. Wenigstens nicht nur. Sie meinte vor allem auch Lissi. Lissi, die niemand an die Kandare nahm. Die wie ein Schmetterling über die Insel flatterte. Glücklich, unbeschwert, ohne Blick dafür, dass die Leute immer öfter die Köpfe zusammensteckten.

Das Zimmermädchen und der Kaufmannssohn.

Man müsste es dem alten Lambrecht stecken, bevor das Mädchen Fisimatenten machte.

Er liebt mich, sagte sie und glaubte daran.

Warum sonst, wenn nicht aus Liebe, war er nach einem eisigen Winter mit der ersten Wärme zurückgekehrt und hatte in der Dunkelheit auf sie gewartet?

»Erlauben Sie, dass ich Sie ein Stück begleite?« Die Frage kannte sie und auch seine Art, eine Verbeugung anzudeuten. Neu war, dass er ihr wie selbstverständlich den Arm bot. Lachend hakte sie sich unter. Sie glaubte, seinen Herzschlag an ihrem Arm zu spüren, so nahe waren sie sich.

Nichts hatte er vergessen. Nach den Zwillingen erkundigte er sich, nach den Brüdern und der Aalfischerei und freute sich mit ihr, dass der Vater, nun, wo es aufwärtsging, genug Arbeit hatte. Was Festes sogar, solange der Damm gebaut wurde.

Wir heiraten, sagte sie am Ende des Sommers und glaubte auch das.

Nur den Winter mussten sie noch überstehen. Dann hatte er zu Ende studiert. Dann konnte ihm keiner mehr

Vorschriften machen. Wen er liebte, zum Beispiel, oder wo er sich die Hörner abstieß. Das ging dann endlich niemanden mehr etwas an, und wen er heiratete, war ganz allein seine Sache.

Es war Herbst, so wie jetzt, als sie sich zum letzten Mal sahen. Sie haben den Winter nicht überstanden.

Ich gäbe etwas darum, es damit gut sein zu lassen. Die Bilder nicht länger anzusehen, die uns die Erinnerung präsentiert. Denn die düstersten hebt sie sich auf bis zum Schluss.

16

»... best years of my life ...« Aus dem Badezimmerfenster scholl Benzlaus Gesang durch den Garten. Laut, falsch, voller Inbrunst. »... summer of sixty-nine ...«

Von den Vier-Uhr-Nachrichten aus seinem Küchenradio bekam Pieplow nur die Hälfte mit, während er die Spuren der vergangenen Nacht beseitigte. Kippen, Flaschen, Aschefleck. Als Benzlau nach dem Duschen Musik und Stimme auf Zimmerlautstärke drosselte, sah alles wieder so passabel aus, dass Pieplow sich in seinen Sessel fallen ließ und eine halbe Stunde Nichtstun zwischen den Tag und Maries Besuch schob. Er saß einfach nur da und sah in den klaren, kräftig blauen Himmel, durch den seit dem Morgen so viele Vogelschwärme gezogen waren, als hätten sich alle gleichzeitig zum Aufbruch entschlossen.

Pieplow konzentrierte sich auf das Lockende, Drängende in ihren heiseren Rufen, um sein Herz nicht zu spüren, das ihm dumpf gegen die Rippen schlug.

Was, wenn sie gar nicht kam? Immerhin war es bald fünf, und es musste jeden Augenblick an der Haustür klingeln. Wenigstens aus Höflichkeit könnte sie pünktlich sein, auch wenn sie mit noch so Aufregendem beschäftigt sein mochte.

Er stand auf, hantierte mit Tassen und Filter und Kaffee, füllte Sahne ab und stellte Zucker bereit.

Kaum saß er wieder, fiel ihm ein, dass sie vielleicht lieber Erfrischendes wollte. Wasser, Saft. Tranken Frauen wie sie nachmittags Bier? Er rüstete sich für diesen Fall und stellte ein paar Flaschen kalt, von denen er die erste um Viertel nach fünf selbst in der Hand hielt, weil er sich ärgerte. Darüber, dass sie nicht gekommen war, und noch mehr darüber, dass sie es nicht einmal für nötig gehalten hatte abzusagen.

Er setzte die Flasche an, trank in langen Zügen und verschluckte sich fürchterlich, als es klingelte. Benzlau, dachte er verdrossen, der ein Abonnement auf vermasselte Feierabendbiere zu haben scheint. Hustend, mit rotem Kopf ging er zur Tür.

»Hallo, Daniel«, sagte sie, als er öffnete. »Störe ich?«

»Nein, nein. Ich dachte nur … ich meine, weil du schon …« Sein Husten ging in einen Schluckauf über und er nickte nur, als sie erriet, was er sagen wollte.

»Ich weiß, ich bin ein bisschen spät dran, aber es ging nicht eher.«

»Macht doch nichts«, versicherte Pieplow und trat zur Seite. »Komm rein, Marie.«

Sie wollte tatsächlich ein Bier. Kein Glas. Gleich so aus der Flasche. Ganz selbstverständlich entschied sie sich für seinen Sessel, so dass er den anderen erst zum Terrassenfenster ziehen musste. Schließlich saß er seitlich von ihr und konnte ihr Profil betrachten, auf das durch die Scheiben rötliches Nachmittagslicht fiel.

Wenn sie trank, legte sie den Kopf weit in den Nacken. Dann berührte der Dutt, zu dem sie ihr Haar geknotet hatte, ihre braune, von sonnengebleichten Härchen schimmernde Haut.

Er unterdrückte einen Seufzer, weil der Schluckauf sein Zwerchfell und Marie seinen Herzrhythmus aus dem Takt brachten, und drehte unentschlossen seine leere Bierflasche zwischen den Händen. Schließlich stand er auf und kochte nun doch Kaffee.

»Schön hast du's hier.« Marie sah sich um.

»Ooch, na ja, für mich reicht's.« Ihm wollte nichts einfallen, womit sich die Spannung lösen ließ, deshalb wich er auf das halbwegs sichere dienstliche Terrain aus. »Hast du mit Fine gesprochen?«

»Hab ich, ja.« In ihrer Stimme lag so viel Ernst, dass er sich zu ihr umwandte. »Und?«

Sie sah zu ihm hinüber, ohne gleich zu antworten. Ihr Blick irritierte ihn. Zu lang, mit zu wenig Wimpernschlägen für eine harmlose Nachricht. Es war, als kündigten ihre Augen ein Etwas an, von dem er lieber nichts wissen wollte, dem er lieber aus dem Weg gehen sollte, bevor es ihn in Kalamitäten brachte.

Als glaubte sie das auch, verlängerte Marie die Bedenkzeit: »Weißt du eigentlich, was du mit deiner Fragerei auslöst?«

»Ich mach meine Arbeit, mehr nicht.« Daran, dass er ihrem Blick auswich, merkten beide, wie wenig das stimmte, und Marie hakte nach: »Seit wann gibst du das Mitdenken auf, wenn du arbeitest? Du musst doch merken, wie sehr es die alten Leutchen aufregt. Die, bei denen du schon warst, bei Irma Duve zum Beispiel oder Karl Lambrecht, beunruhigst du genauso wie alle, die glauben, dass du demnächst bei ihnen vor der Tür stehst. Sie wissen nicht, was du fragen und an was du rühren wirst, und das beschäftigt sie mehr, als ihnen gut tut. Nicht alle haben so ein dickes Fell wie Een oder Mall.«

Pieplow fühlte sich unbehaglich. Ertappt und gekränkt zugleich.

Marie hatte Recht. Er dachte an Otto Brand, dem er die Erinnerung an seine tote Schwester abgerungen hatte, an die hilflose Schuld, die der alte Mann mit sich herumschleppte. Oder an die fromme Irma Duve, die lieber das achte Gebot als ihr Schweigen brach.

Aber da war dieser Mann, den jemand um sein Leben gebracht, beraubt und verscharrt hatte. Niemandem stand es zu, darüber hinwegzugehen, jetzt, wo das Verbrechen doch noch ans Licht gekommen war. Den Alten nicht, Marie nicht und am allerwenigsten ihm selbst.

»Es hat immerhin einen Mord gegeben, Marie, und ich bin Polizist. Selbst wenn ich es wollte, könnte ich nicht einfach zur Tagesordnung übergehen, weil ich in der ganzen Angelegenheit das kleinste Rädchen im Getriebe bin. Eines, das zu tun hat, was andere anordnen, und zwar so lange, bis diese Anderen entscheiden, dass Schluss ist.« Er sah die verkniffene Staatsanwältin vor sich, die ebenso pedantisch wie gleichgültig wirkte, oder Böhm, der sich vor allem für seine Karriere interessierte und ganz gewiss keinen Gedanken an den Seelenfrieden der Hiddenseer verschwendete.

Pieplow füllte Kaffee in zwei Becher, setzte sich wieder neben sie und sah an ihr vorbei aus dem Fenster.

»Ich erzähle dir einfach erstmal, was ich erfahren habe«, fuhr sie fort, als er schwieg. »Vielleicht verstehst du dann auch mich besser.« Manches von dem, was nun kam, kannte er schon. Anderes war neu und brachte mehr Verwirrung als Klarheit in die Geschichte.

»Als Kinder waren sie unzertrennlich, sagt Fine, und als junge Frauen immer noch beste Freundinnen. Deswegen wird Irma Duve von allen, die noch am Leben sind, am ehesten wissen, was damals passiert ist. Möglicherweise sogar, wer der Vater von Lissis Kind ist und warum sie ihn nie genannt hat. Gemunkelt wurde damals, es könnte einer der Schlesinger-Söhne …«

»Das gibt's doch nicht!« Pieplow schlug mit der flachen Hand auf die Sessellehne. »Als wenn ich's geahnt hätte!«

»Woher eigentlich? Gab es noch andere Hinweise außer diesem einen Bild auf der Hoteltreppe?«

»Geahnt ist schon zuviel gesagt«, ruderte er zurück. »Außer Elisabeth Lambrecht auf diesem Foto vom *Dornbusch* gab es nichts, wo wir hätten einhaken können. Gar nichts. Also habe ich damit angefangen, nach ihr zu fragen. Daraus hat sich dann das andere ergeben. Dass sie schwanger war. Dass sie bei Nacht und Nebel verschwunden ist. Und dass dahinter ein Geheimnis steckt. Aber wenn ich ehrlich bin, habe ich keine Ahnung, worauf das alles hinauslaufen soll.«

»Und trotzdem schreibst du schön pflichtbewusst deine Berichte«, murmelte Marie, ohne ihn anzusehen.

Nebenan wurde die Musik wieder lauter, und hinter dem Zaun hörte man Frauenlachen.

»Das nun nicht grade«, sagte Pieplow. »Noch ist nichts berichtsreif. Wenigstens meiner Meinung nach. Und wie Kästner ist, weißt du: Am liebsten sind ihm Tage ohne besondere Vorkommnisse mit regelmäßigen Mahlzeiten.«

Marie lachte. Es fühlte sich gut an, wie sie ihm dabei vertraulich die Hand auf den Arm legte wie jemand, der solche kleinen Gemeinheiten verstand und für sich behielt. Pieplow lehnte sich zurück und genoss die Wärme im Raum.

Aber dann richtete Marie sich auf. »Ich muss los, Daniel. Meine beiden Damen warten auf mich. Abends bin ich nämlich unersetzlich, musst du wissen.« Sie angelte mit den Zehen nach ihren Schuhen. Im Gehen strich sie sich ordnend durchs Haar, obwohl noch jede Strähne lag, wo sie hingehörte. Auch die, die sich hinter ihrem Ohr den Hals hinabkringelte.

»Es gab übrigens noch etwas, worüber damals getratscht wurde. Das war die Geschichte mit Clara und dem Kapitän, von der Fine nur weiß, dass …«

»Welchem Kapitän?«

»Du kennst ihn bestimmt. Kapitän Brahm, der immer

auf der Bank unten am Hafen sitzt.« Weil sie im schmalen Flur vor ihm ging, sah sie nicht, dass er nickte. »Du musst ihn schon gesehen haben. Jeden Tag sitzt er da, seit er wieder hier ist. Dieser Kapitän Brahm und Clara waren damals ein Paar. Jedenfalls dachten das alle. Aber dann war es auf einmal vorbei – niemand wusste, warum – und Clara hat sich mit Roloff verlobt.« Sie blieb so abrupt stehen, dass Pieplow gegen sie lief. Wie es unwillkürlich geschehen kann, wenn zwei zusammenrempeln, legte er seine Hände an ihre Arme. Ganz kurz nur, bevor er sie wieder loslassen musste, weil Marie keineswegs den Halt verloren hatte.

»Ich hab's«, sagte sie. »Ein Eifersuchtsdrama. Der Seemann kommt heim, und die Liebste hat einen anderen. Klassisch, findest du nicht?«

»Doch, schon.« Pieplow bemühte sich, nicht allzu verdrießlich zu klingen, und verschwieg, was ihm im Augenblick noch dazu einfiel: kein Eifersuchtsdrama. Der Polizist kommt nicht aus dem Kahn und die Frau kriegt ein anderer.

Er blieb auf dem Trittstein stehen, während sie ihr Rad auf dem Gartenweg wendete und Richtung Pforte bugsierte. Er registrierte Geschirrklappern unter einem karierten Tuch im Gepäckträgerkorb und Porreestangen im Netz am Lenker. Milch, Senf und Zucker. Die Einkäufe waren wichtiger gewesen als pünktlich bei ihm zu sein, stellte er resigniert fest. Und das Geschirr unten im Korb … Pieplow stutzte, weil er ein Tuch wie das, mit dem die Teller abgedeckt waren, erst vor kurzem gesehen hatte. Sonnengelbe Karos über einem Keramikteller mit Apfelkuchen.

»Kennst du eigentlich Dr. Gröning? Luise Gröning?«, fragte er, ohne lange zu überlegen, ob ihn das etwas anging.

Marie hielt in der Bewegung inne, mit der sie die Gartenpforte öffnen wollte. »Ja«, sagte sie. »Warum?«

»Weil ich mich gefragt habe, wie dein Geschirr in ihre Küche kommt.« Er grinste, legte die Stirn in Denkerfalten und zog mit der Zeigefingerspitze das rechte Unterlid ein wenig herab. »Du weißt doch: Der Polizei entgeht nichts.«

»Wenn's mal so wäre!« Lachend warf sie ihm eine Kusshand zu, stieg auf ihr Rad und fuhr davon. Sie schien zu wissen, dass er ihr nachsah, denn ohne sich umzudrehen, winkte sie ihm noch einmal zu, bevor sie hinter der Wegbiegung verschwand.

Es war kühler geworden im Haus und dunkler, was Pieplow gern damit erklärt hätte, dass Marie nicht mehr in dem Sessel saß, vor dem der halbvolle Kaffeebecher auf dem Fußboden stand. Auch wenn es eher daran lag, dass die Sonne hinter die Bäume gewandert war, über denen der Abendhimmel langsam an Farbe verlor. In das helle Rot floss wie Tinte ein dunkles Violett, wurde grau und ließ die Baumkronen, die sich eben noch mit scharfen Konturen gegen den Himmel abgezeichnet hatten, weich und schattenlos zurück.

Sonst setzte er sich um diese Zeit gern hin, um zu beobachten, wie das Leuchtfeuer immer deutlicher sichtbar wurde, wie aus dem nebelartigen Huschen das weit sichtbare Kreisen der Lichtarme wurde. Heute fühlte er sich dazu nicht melancholisch genug.

17

»Du schon wieder? Weißt du, wie spät es ist?« Wenn er seine Arbeitskluft gegen die Trainingshose getauscht hatte, wollte Werner Duve seine Ruhe haben und ganz gewiss nicht die Polizei im Haus. Auch nicht in Zivil. Schlecht gelaunt taxierte er Pieplow und die Möglichkeit, einfach die Tür wieder zu schließen.

»Ich möchte noch mal mit deiner Mutter sprechen.«

»Komm wann anders wieder. Der geht's nicht gut. Ist ja wohl auch kein Wunder, wo ihr jetzt den ganzen alten Mist wieder aufrührt.«

Aus der Tiefe des Hauses wurde »Werner, was ist denn?« gefragt. An der Stimme ließ sich nicht erkennen, ob Frau Duve senior oder junior das wissen wollte. Die Art, wie Werner hastig »Nichts!« über die Schulter zurückrief, erinnerte Pieplow an Schuljungen, die abends an der Haustür Verbotenes ausbaldowerten. Prompt erschien der fisselige Schopf von Irma Duve.

»Ach, du«, sagte sie nur und, schon halb wieder ins Haus gewandt: »Komm rein.«

Pieplow registrierte, dass sie ihn nicht ins Wohnzimmer führte, sondern auf eine angelehnte Tür seitwärts in einem schmalen Gang zwischen Küche und Hinterausgang zeigte. »Geh schon mal rein und setz dich irgendwo hin. Ich hole uns was zu trinken.«

In ihr Altenteil hatte Irma Duve zu Bett und Nachtschrank alles gestopft, was ihr etwas bedeutete. Tisch und Sessel, daneben ein Stuhl für den Fall, dass Besuch kam. Die Nähmaschine am Fenster musste mindestens so viele Jahre auf ihrer buckligen Holzhaube haben wie die Frau, die schon ein Leben lang darauf nähte. Ein hoher Spiegel, viel zu wuchtig für den niedrigen Raum, und eine Kommode aus glänzendem dunklem Holz, auf deren polierter Fläche eine Bildergalerie mindestens vier Generationen Duves zeigte. Frauen in knöchellangen üppigen Röcken und fein gefalteten Blusen neben ihren knorrigen Männern in Weste und weißem Hemd über der derben, weiten Hose. Brautpaare zwischen einschüchternd dreinblickenden Schwiegereltern. Ein dickes blondes Kind im Matrosenanzug. Drei junge Frauen, vor einem Haus, das Pieplow nicht kannte. Die rundliche, kleine, einen Schritt abseits der anderen, war zweifellos Irma Duve.

»Ganz recht. Das sind wir. Links Clara, in der Mitte Lissi, rechts ich. 1937 war das. Und jetzt komm her und setz dich hin, damit wir es hinter uns bringen, weil du sonst ja doch keine Ruhe gibst.«

Pieplow nahm auf dem Besucherstuhl Platz, ließ sich Tee einschenken, mühte sich mit der Zuckerzange ab und wartete darauf, dass Irma Duve den Anfang machte, aber diesen Gefallen tat sie ihm nicht.

»Als ich gestern hier war, hast du mir nicht alles gesagt, was du weißt«, begann er und wartete auf ein Zeichen, dass sie dieser wohlwollenden Version zustimmte. Sie gab es, indem sie den Kopf ein wenig seitwärts neigte.

»Inzwischen wissen wir, dass Lissi fortging, weil der Vater sie, so muss man es wohl sagen, aus dem Haus geprügelt hat.«

Nicken.

»Weil sie schwanger war und den Vater des Kindes nicht nennen wollte.«

»So war's, ja.«

Pieplow meinte, ihre Anspannung körperlich zu spüren, ihren Wunsch, er möge gehen und sie in Frieden lassen, auch wenn sie es gewesen war, die ihn ins Haus gelassen hatte.

»Warum nicht? Hätte der Schlesinger-Sohn nicht zu ihr gestanden?«

Sie schüttelte den Kopf. »Sie konnte nicht. Sie konnte nicht sagen, wer der Vater des Kindes war, weil sie es nicht wusste.«

Daran, dass Pieplow mit einer schnellen, kaum sichtbaren Bewegung den Kopf ein wenig hob, dass seine Augen sich erstaunt eine Spur weiteten, konnte sie erkennen, wie überrascht er war. Er schien sogar heute noch, wo es in diesen heiklen Dingen so ganz anders zuging, etwas von der alten Ungeheuerlichkeit zu ahnen.

»Du denkst jetzt wahrscheinlich, sie ist vor der Schande davongelaufen, und hast damit sicher auch Recht. Aber das war's nicht allein. Auch nicht die Angst, der

Vater könnte sie totschlagen, obwohl nicht viel daran gefehlt hätte. Geflohen ist sie vor dem, der ihr das angetan hat. Dem, der eines Abends im Herbst in der Dunkelheit auf sie wartete und so höflich fragte, wie sie es von Richard kannte: ›Gestatten Sie, dass ich Sie begleite?‹«

Sogar den Hut zieht der Ingenieur, bevor er neben sie auf den Sandweg tritt und seine Hand vertraulich um ihren Arm legt, als würden sie sich seit langem kennen. Ihr ist die Berührung unangenehm. Sie weicht ihr aus, macht einen Schritt zur Seite und verzichtet artig dankend auf seine Begleitung. Zu eilig habe sie es und für einen Spaziergang überhaupt keine Zeit. Sie geht schneller. Er lässt ihr wie die Katze der Maus einen Vorsprung. Als er das nächste Mal neben ihr auftaucht, ist die Hand an ihrem Arm nicht mehr vertraulich. Sie ist hart und brutal und zwingt sie vom Weg weg hinter niedriges Strauchwerk.

Nur ein Mal schreit Lissi. Sie hört die Stimmen der Männer bei den Baracken und hofft, dass sie kommen, um sie zu retten.

Er presst ihr die Hand auf den Mund und zischt ihr ins Ohr: »Schrei ruhig! Schrei, damit sie kommen und zusehen, wie du's mit jedem treibst, der dich hart genug rannimmt.«

Von da an bleibt sie stumm. Sie erträgt, dass er wie ein Berserker über sie herfällt. Wie ein Wahnsinniger, den es anstachelt, dass ganz in der Nähe andere Männer sind. Dessen Geifer ihr das Gesicht besudelt. Der sie eine Hure schimpft. Eine, die kriegt, was sie verdient, genau wie die anderen, die sich nächtens herumtreiben. Denen er besorgt, worauf sie es anlegen mit ihrem geilen Getue.

Er packt ihr Haar und reißt ihren Kopf nach hinten. Er zwingt sie Dinge zu tun, bei denen der Ekel ihr die Kehle zuschnürt. Nicht nur hier und jetzt. Ihr Leben lang wird Übelkeit in ihr aufsteigen, wenn die Bilder wie Blitze aus dem Vergessen aufschießen, wenn etwas die Erinnerung reizt. Ein Geruch. Ein Geräusch. Oder eine Stimme, die nach Rohheit klingt, nach Gewalt und der Verachtung, mit der er sagt: »Ein Sterbenswörtchen, und ich vernichte dich. Dich und deine verkommene Sippe!«

Er steht auf, und sie kauert vor ihm und hofft, dass es wirklich vorüber ist. Dass er endlich mit seiner Kleidung fertig wird, an der er zupft und herumklopft, damit der Sand herausfällt.

Sie schnappt nach Luft, als er sich wieder zu ihr hinabbeugt. Beinahe hätte sie doch noch aufgeschrien. Aber er greift nur nach dem Hut, der hinter ihr liegt, hält ihn kurz, wie zum Gruß über der Stirn und höhnt: »Mit den besten Empfehlungen an die reizenden Schwestern, Gnädigste.«

Irma Duve ahmte die Bewegung nach, mit der ein Mann den Hut lüftet und mit geneigtem Kopf den Oberkörper vorbeugt. Ihr Gesicht kam weit zu Pieplow hinüber. »Jetzt weißt du, warum Lissi nicht wusste, von wem sie schwanger war. Vielleicht hat das Schwein es sogar darauf angelegt. Hat sie belauert und gewusst, dass sie mit Richard zusammen war, bevor der zurück nach Greifswald fuhr. So hat er auch gleich noch dem Kaufmannsschnösel eins auswischen können. Zuzutrauen wär's ihm.« Irma Duve sah Pieplow an, als warte sie auf Bestätigung.

Pieplow hatte Mühe, sich aus der Erstarrung zu lösen, die ihn bei ihren Schilderungen überkommen hatte.

»Möglich wär's«, sagte er und dachte dabei an die Machtgier und die Geltungssucht, die aus allem sprach, was er über Roloff herausfand. Und doch hatte er nicht damit gerechnet, dass sich der Mann, dessen gewaltsamen Tod er aufklären sollte, als ein solch sadistisches Scheusal entpuppen würde. Je näher er diesem Ziel kam, desto weniger wollte er es noch erreichen und wäre jetzt wirklich am liebsten aufgestanden und gegangen. Trotzdem fragte er: »Wann, sagst du, war das?«

»Der Überfall auf Lissi? Im Herbst 1938.«

»Und wann ist sie fortgegangen?«

»Im November. Ende November hat einer der Fischer aus Kloster sie mit nach Stralsund genommen. Sie ging ohne Ankündigung, ohne Abschied. Verschwand, als ihr klar geworden war, dass das Kind sich nicht aus ihrem Leib vertreiben ließ. Mit Stürzen die Stiege hinunter nicht, bei denen sie sich die Wirbelsäule stauchte, auch von den Spülungen mit Sodalauge nicht oder von den Sitzbädern in der Waschbalge, die so heiß waren, dass sie ihr Brandblasen an Bauch und Rücken machten.« Irma Duve strich sich ein paar Mal über die Stirn bis hoch in die dünnen weißen Haare. Sie schwieg und scherte sich nicht um ihren Besucher, der nach ihrer halb erzählten Geschichte ebenso stumm dasaß wie sie.

Pieplow spürte eine Verlegenheit in sich aufsteigen, die so stark war, dass sie sich wie Scham anfühlte. Er begann in der vollgestellten Stube zu schwitzen und wünschte sich ein dickeres Fell. Am besten eins aus phantasieloser Gleichgültigkeit, unter dem ihn unberührt ließ, was seine Fragen ans Tageslicht brachten.

Irma Duve war aufgestanden und hatte das Bild von der Kommode geholt. Sie lehnte es so gegen die Teekanne, dass Pieplow gut erkennen konnte, auf wen sie zeigte. »Die hier mit dem Lockenkopf, das ist sie. Hab ich schon gesagt, dass man an einen Kobold denken musste, wenn man sie sah?«

Pieplow schüttelte den Kopf. »Nein«, sagte er. »Wenigstens nicht mir.«

»Das war sie aber. Ein Kobold. Immer fröhlich, immer in Bewegung, unbekümmert, übermutig. Trotz der Sorgen zu Hause, trotz der schweren Arbeit. Ich bin mir sicher, es hätte sie nicht angefochten, dass die Leute sich das Maul zerrissen über sie und das Kind in ihrem Bauch, wenn nur der junge Schlesinger sie angerührt hätte. Sie liebte ihn, und sie war sich sicher, er würde wiederkommen. Warum also eine Tragödie daraus machen? Schließlich kam so was in den besten Familien vor, und sie wäre beileibe nicht die Erste, die ein weites

Brautkleid brauchte.« Irma Duves Gesicht wurde weicher, während sie ausmalte, wie es hätte sein können. Sogar ein kleines Lächeln spielte kurz um ihren energischen Mund, der wieder schmallippig und bitter wurde, als sie erzählte, wie es wirklich gewesen war.

Dass nichts übrigblieb von der unbeschwerten, tüchtigen Lissi. Die, wenn sie überhaupt das Haus verließ, durchs Dorf huschte wie eine Büßerin, das Umschlagtuch weit ins Gesicht gezogen, den Blick stets gesenkt.

»Und so stand sie eines Tages hier in der Stube. Sie hatte sich so leise ins Haus geschlichen, dass ich erschrocken auffuhr, weil ich sie erst bemerkte, als sie schon fast neben meiner Nähmaschine stand. ›Ich muss mit dir sprechen‹, sagte sie gehetzt. ›Nicht jetzt. Morgen. Morgen um diese Zeit. Aber nur, wenn außer dir niemand hier ist.‹ Vormittags war ich oft allein, das wusste sie. Vater schlief oder arbeitete im Hafen, Mutter hatte Dienst in der Post, und meine Geschwister waren in der Schule, auf dem Feld oder bei den Booten. Trotzdem kam es natürlich vor, dass einer von ihnen daheim war. Deswegen zögerte ich, und auch, weil es mich ärgerte, dass Lissi sich vor ihnen zu fürchten schien. Schließlich hatte keiner von uns ihr je etwas getan. Aber sie ließ mich gar nicht zu Wort kommen. ›Bitte, Irma!‹, flehte sie. ›Es ist so wichtig wie noch nie etwas in meinem Leben. Ich muss Clara sehen, und es darf keine Menschenseele etwas davon merken.‹ Ich verstand nicht, warum das so wichtig war, aber ihre Verzweiflung war so erbarmungswürdig, dass ich versprach, worum sie mich bat. Zu Clara sollte ich gehen. Sie schwören lassen, dass niemand, wirklich niemand von unseren Treffen erfuhr. Ein Talglicht ins Fenster stellen, sobald Clara und ich allein waren.«

Es war dämmrig in Irma Duves Stube und deswegen fiel es leicht, sich einen düsteren Novembertag zu denken, an dem nicht nur Irma eine Talgkerze aufstellte, um ein wenig mehr Licht im Zimmer zu haben. Während er ihrer leisen, festen Stimme zuhörte, ließ Pieplow seinen Blick hinüber zur Kommode schweifen und von dort zur Nähmaschine. Er meinte, am Fenster eine Kerzenflamme in der Zugluft zittern zu sehen und den Geruch nasser, salziger Kälte in Wollkleidern wahrzunehmen.

Als Erste kommt Clara. Sie nimmt das Umschlagtuch von den Schultern, um die staubfeinen Sprühnebeltropfen herauszuschütteln, und sieht sich um. Ungeduldig, wie es Irma scheint, gereizt. Fast so wie die Damen der Gesellschaft, zu der sie nach ihrer Heirat gehören wird. Sie will wissen, was die Heimlichtuerei soll, und zieht halb verärgert, halb amüsiert die Stirn kraus, als Irma darauf keine Antwort weiß.

Schmaler als früher ist sie, blass. Wunderschön ihr seesandblondes Haar über dem dunklen Wollkleid. Aber auch ein bisschen fremd mit der eigentümlichen Leere in ihrem Blick, der sich nicht festhalten lässt. Bevor ihnen unbehaglich wird, weil die alte Vertrautheit sich nicht einstellen will, huscht Lissi herein. Tief vermummt wie immer in diesen Wochen und gehetzt, als sei sie auf der Flucht.

Sie hat keine Zeit, stößt sie hervor. Schnell muss es gehen und schwören sollen sie bei allem, was ihnen heilig ist, dass sie mit niemandem über das sprechen, was sie ihnen anvertraut.

Sie schwören. Clara widerwillig, Irma verwirrt. Aber sie tun es, damit Lissi sich beruhigt.

Clara will zurückzucken, als Lissi nach ihrem Arm greift, aber die Hände klammern sich fest und lösen sich erst wieder am Ende der ganzen grauenvollen Geschichte, als sie dasitzen wie gelähmt vor Ekel und Angst.

Er ist ein Ungeheuer, flüstert Lissi, ein barbarisches, heimtückisches Ungeheuer, das immer wieder tun wird, was er mit ihr getan hat. Sie betet zu Gott, sagt sie, dass ihre Schwestern verschont bleiben. Dass sie nicht eines Tages aus dem Bodden gezogen werden, von den Aalen so zerfressen, dass niemand mehr wissen kann, was mit ihnen geschehen ist.

Irma Duve hatte ganz still gesessen, während sie erzählte, die Hände vor sich auf dem Tisch übereinandergelegt, den Rücken so gerade, dass er die Stuhllehne nicht berührte. Jetzt atmete sie tief ein und lehnte sich zurück.

»Vielleicht hast du von der Geschichte in Neuendorf gehört? Die Kleine – wie hieß sie noch …?«

»Gerti«, sagte Pieplow leise. »Gerti Brand. Ich hab davon gehört, ja.«

»Genau. Elf oder zwölf war sie, ungefähr so alt wie

Lambrechts Zwillinge, und Lissi war davon überzeugt, dass es kein Unfall war, sondern dass Roloff sie getötet und ins Wasser geworfen hat.«

Pieplow nickte kaum merklich. Er hatte auch daran gedacht, es dann aber doch zu spekulativ gefunden. Spekulativer jedenfalls als den Verdacht, es sei Roloff gewesen, der das Mädchen im Hochland so schlimm zugerichtet hatte.

Das Mädchen, dessen Namen Luise Gröning nicht genannt hatte.

Ein Gedanke breitete sich in seinem Kopf aus und ließ sich nicht mehr wie bisher beiseiteschieben, sobald er am Rand seines Bewusstseins auftauchte. Dass Marie Recht hatte. Dass er sich zu weit vorgewagt und mit seiner Fragerei nichts als Schaden angerichtet hatte. Dass er die Dinge besser auf sich beruhen ließ, bevor er eine Wahrheit erfuhr, von der er nichts wissen wollte. Aber er räusperte sich und fragte entschiedener, als er sich fühlte: »Wie ging es weiter?«

»Mit Clara, Lissi und mir? Das ist schnell erzählt. Lissi war ein paar Tage später fort, und bald darauf wurde Clara krank. Lungenentzündung, sagte der Arzt und wunderte sich, dass alle Mühe vergebens schien. Das Fieber stieg, fiel, stieg wieder an. Sie aß kaum. Sie ließ niemanden zu sich. Sie sprach nicht. Auch mit ihrer Mutter nicht, die ihrem Herrgott die verzweifeltsten Angebote machte, wenn nur die Tochter bei ihr blieb. Aber damit, dass sie nicht blieb, hatte der nur wenig zu tun. Das war allein Claras Entscheidung. Nacht für Nacht stand sie auf und öffnete ihr Fenster. Kurz vor Weihnachten war das, als wir fast zwanzig Grad Kälte hatten.«

»Sie ist also eigentlich nicht an der Lungenentzündung gestorben, sondern sie hat sich umgebracht«, sagte Pieplow, als Irma Duve nicht weitersprach. Sie kniff ihre hellen Augen zusammen, die ohne Brille noch kleiner wirkten, und nickte.

Bloß keine Gefühlsduselei. Das riss nur Wunden auf und machte verletzbar. Am besten man sah überhaupt nicht hin, nicht auf die eigene Verzweiflung, die eigene Angst, und erst recht nicht auf die der anderen.

Was ging sie Lambrechts Gesaufe an oder die düstere Schwermut des alten Timpe? Schlimm genug, sich die Litanei seiner Frau anhören zu müssen, wenn sie nebenan in der Küche heulte wie ein Klageweib mit ihren ewigen Geschichten vom Besten, das sie gewollt hatte, und vom Schlimmsten, das ihr widerfahren war.

»Kann es sein, dass Clara vor ihrem Tod jemandem von dem Überfall auf Lissi erzählt hat? Ihren Brüdern zum Beispiel, oder ihrem Vater?«

»Und die sind dann losgezogen, um Roloff zu ermorden? Willst du darauf hinaus? Wer weiß, vielleicht hätten sie's sogar getan. Aber so war es nicht. Sie waren genauso ahnungslos wie alle anderen.«

»Außer dir«, stellte Pieplow richtig. Ihm entging nicht, wie sich ihre kurzen Finger so fest zur Faust schlossen, dass die Knöchel als helle Inseln zwischen den vielen braunen Flecken aufschimmerten. Sie verschwanden erst, als die Hände sich lösten und Irma Duve sie schlaff in den Schoß sinken ließ, als seien sie nach schwerer Arbeit erschöpft.

»Außer mir«, sagte sie, ohne ihn anzusehen.

»Aber du hast es anders gemacht als Lissi und Clara, nicht wahr? Du hast nicht geschwiegen.«

Ihr Gesicht behielt den verschlossenen, abweisenden Ausdruck, als sie den Kopf hob und ihn musterte. »Und wenn?«, fragte sie schließlich.

»Wenn … Dann hast du wohl mit dem gesprochen, der Dietrich Roloff ermordet hat. Seine Wut geweckt oder seinen Hass oder was sonst einen Menschen zum Mörder machen kann.« Pieplow wich ihrem prüfenden Blick nicht aus. Er nahm die Schultern zurück und machte den Rücken gerade. »Es sei denn, du bist es selbst gewesen.«

Ganz kurz schien Heiterkeit in Irma Duves Augen aufzublitzen, bevor sie wieder schmal wurden und Pieplow böse fixierten.

»Ich war es nicht. Aber lass dir gesagt sein, dass ich es bis zum Jüngsten Gericht nicht bereuen würde, wenn ich es getan hätte.«

Sie dachte an die Wochen nach Claras Tod. Keinen Schritt hatte sie allein über die Insel gewagt und sich in ihrem Leben nie wieder so gefürchtet wie damals. Davor, dass Dietrich Roloff Verdacht schöpfte und sie ein für alle Mal zum Schweigen brachte. Davor, dass es ein nächstes Opfer gab, über das in den Küchen und Wohnstuben gemunkelt wurde. Davor, dass es für sie aus all dieser Angst keinen Ausweg gab, solange er da war.

»Mit wem hast du gesprochen?«, wiederholte Pieplow in ihre Gedanken hinein.

Es war an der Zeit, so schien ihr, ihm seine Frage zu beantworten. Sollte er doch entscheiden, was er damit anfangen wollte. Er würde ohnehin nicht lockerlassen, bevor er eine Antwort bekam.

»Mit Friedrich«, sagte sie. »Mit Friedrich Brahm, als er endlich zurückkam.«

In Windeseile geht die Nachricht durchs Dorf: Friedrich ist wieder da!

Aber sie will nichts davon wissen.

Sollten andere sich freuen und sich seine Geschichten anhören. Für sie ist er ein Verräter. Einer, der die Sehnsucht nicht wert ist, mit der Clara auf ihn gewartet hat, und nicht ihre Traurigkeit darüber, dass er sie einfach vergaß.

Sie hört nicht zu, wenn die Rede auf ihn kommt, und geht nicht hin, als das große Fest für den verlorenen Sohn gegeben wird. Denn für sie ist er mit dem Friedrich, dem sie damals vom Bollwerk aus nachgewunken haben, für immer aus ihrem Leben verschwunden.

Als er eines Tages genauso lautlos wie Lissi damals im Herbst ins Haus kommt, jagt er ihr einen gewaltigen Schrecken ein.

»Wie kommst du dazu, dich hier hereinzuschleichen?«, fährt sie ihn an und ist doch erleichtert, dass er es ist und nicht der, vor dessen Auftauchen sie sich jeden Tag aufs Neue fürchtet.

»Ich will mit dir sprechen, Irma.«

»Aber ich nicht mit dir. Zwischen uns gibt's nichts mehr zu reden. Mach, dass du fortkommst, und lass dich hier nie wieder blicken!« Fast durchbohrt die Nadel ihr die Fingerspitzen, so heftig stößt sie das Leintuch unter das Schiffchen und lässt die Maschine darüberrattern.

Er bleibt, wo er ist. Breitbeinig, die Hände in den Taschen seiner weiten Hose, steht er an der Tür. Das Gesicht unter den kurz geschorenen hellen Haaren braungebrannt wie im Sommer, obwohl gerade erst ein verregneter, windiger März zu Ende geht.

Bevor er geht, will er wissen, wie alles gekommen ist und warum. Er fordert eine Erklärung, und es macht sie rasend, dass er sich anhört, als erhebe er Ansprüche auf etwas, das ihm zusteht.

»Das verlangst ausgerechnet du?«, schreit sie. Weil ihre Hände nichts anderes finden, schleudert sie die Blechschachtel mit Stecknadeln nach ihm. »Du hast dich doch davongemacht! Du hast sie verraten! Deinetwegen ist alles so gekommen, wie es jetzt ist! Wofür willst du noch eine Erklärung?«

Er macht keinen Schritt in die Stube hinein. Steht nur da. Auf dem Boden um seine Füße die Nadeln. Lässt sie toben und heulen. Wartet, bis sie ruhiger wird, ihr Gesicht mit dem Betttuch putzt, das noch auf der Maschine liegt, und wieder hören kann, was er sagt.

Dass er geschrieben hat. So oft es ging und so genau,

dass Clara die Typhone im Hamburger Hafen hätte hören müssen und das Donnern der See vor Southampton.

Rio, Port Stanley und dann um Kap Hoorn. Aus jedem Hafen ein Brief und nie eine einzige Zeile zurück.

»Das kann nicht sein«, sagt sie schwach.

Sie ist mehr als einmal dabei gewesen, wenn Clara zur Post ging. Sie hat neben ihr gestanden. Zugesehen, wie sie die Marken aufs Kuvert klebte. Oben rechts neben Friedrichs Namen, eine neben der anderen, mit einer Fingerspitze festgetupft, damit sich ja keine löste.

Natürlich kann es sein, dass trotzdem nicht alle Briefe ihr Ziel erreichen. Schließlich werden sie um die ganze Welt transportiert. Mal kommt einer vielleicht erst, wenn Friedrich längst wieder auf See ist, unterwegs in den nächsten Hafen. Vielleicht geht der eine oder andere auf dem langen Weg von hier nach Santiago oder Shanghai verloren. Aber alle? Das kann nicht sein.

Sie sitzt ganz starr, mit geballten Fäusten, und kämpft gegen das Gefühl, auf schlingerndem Grund den Halt zu verlieren, weil sie begreift, wie es gewesen sein muss. Weiß so plötzlich, wie diese Briefe verschwunden sind, dass sie kaum atmen kann vor Schreck. Vor Schuld und Scham. Als sei sie es gewesen, die hinter dem Tresen das Kuvert in Empfang genommen und es sich in die Kitteltasche geschoben hat, sobald Clara zur Tür hinaus war. Als seien es ihre Hände gewesen, die durch Poststapel hasteten, bis sie fanden, wonach sie suchten, um es am

Nachmittag der zuzustecken, die so genau weiß, was das Beste für ihr Kind ist.

Es ist nicht ihre Art, die Fassung zu verlieren. Sie weiß, wie albern kleine, hässliche Frauen wirken, wenn sie hysterisch werden. Wozu also schluchzen und schreien oder in Ohnmacht fallen, wenn man damit bestenfalls Heiterkeit auslöst?

Aber jetzt rutscht sie vor Schwäche vom Stuhl. Sie bekommt kaum Luft. Sie würgt und stöhnt, bis endlich Tränen kommen und sie ruhiger werden lassen. Als sie sich aufrappelt, kann sie keine Spur von Heiterkeit in Friedrichs Gesicht entdecken. Sie spürt nur den Griff seiner Hand, mit der er sie am Arm fasst, um ihr zurück auf den Stuhl an der Nähmaschine zu helfen. Und nun will sie sich endlich von der Seele reden, was sie mit sich herumschleppt.

»Danach habe ich Friedrich nur noch einmal gesehen. Das war, als er kam, um mir zu sagen, dass Roloff fort ist. Dass der Schrecken ein Ende hat. Ein für alle Mal. Und dass es besser sei, wenn ich nicht mehr darüber wüsste. Falls jemand kommt und Fragen stellt. Es ist aber nie jemand gekommen.«

»Bis jetzt«, ergänzte Pieplow.

»Du sagst es.« Irma Duve stützte sich mit den Handflächen auf den Tisch, um aufzustehen. »Und ich finde, ihr fangt reichlich spät damit an. Mag der Himmel wissen, was ihr euch dabei denkt.«

Pieplow empfand das Bedürfnis, sich zu rechtfertigen:

»Das Gesetz ...«, begann er und wollte darauf hinaus, dass andere die Entscheidung fällten, ob und wie lange noch Fragen gestellt wurden.

Irma Duve wollte nichts davon hören. »Pah, das Gesetz!«, schnitt sie ihm barsch das Wort ab. »Welches denn? Deins? Meins? Roloffs? Wie weit kommst du denn mit einem Gesetz, das das Papier nicht wert ist, auf dem es steht, weil es den falschen Leuten in die Hände gefallen ist?« Ihre sonst so blassen Augen funkelten ihn zornig an. »Na, was ist? Oder hat's dir die Sprache verschlagen?«, hakte sie nach, als er schwieg.

»Ich weiß es nicht«, sagte er schließlich wahrheitsgemäß.

»Dann denk drüber nach, bevor du weitermachst.« Ihr Zorn war verraucht, ihre Stimme klang nur noch müde. Sie nahm das Bild, das noch an der Teekanne lehnte, und trug es zurück an seinen Platz auf der Kommode.

18

»Zu spät, Herr Kriminalrat, zu spät«, raunte Kästner dem Bildschirm zu und warf einen zufriedenen Blick auf den flachen Stapel ausgefüllter Befragungsniederschriften. »Warte, ich les es dir vor«, sagte er, als habe Pieplow, der sich auf den Inhalt seines Ablagekorbs konzentrierte, um Auskunft gebeten. »… vorläufiger Bericht … und so weiter … und so weiter … Verletzung des Sternums – Klammer auf, Brustbeins, Klammer zu – sowie der vierten und fünften Rippe links. Aufgrund der Lokalisation und Beschaffenheit der Fraktur liegt der Schluss nahe, dass ein etwa eins achtzig großer Täter seinen Angriff mit großer Kraft fast frontal zum Opfer ausgeführt hat. Todesursache war vermutlich die Perforation des Herzens mit einem Messer oder messerähnlichen Gegenstand.« Kästner stülpte anerkennend die Lippen vor. »Respekt! Dein Einstein ist ja tatsächlich ganz schön auf Zack. Aber leider nicht schnell genug. Wir sind nämlich fertig, Herr Kriminaloberkommissar!« Es war einer der Tage, an denen Kästner sich die Zeit mit endlosem Schwadronieren vertrieb. Über Böhm, den arroganten Fatzke, der sie wohl für Trantüten hielt. Über den Kommisston in E-Mails, den man sich bieten lassen musste. Über die

Verlässlichkeit der Kästnerschen Nase, die gleich gerochen hatte, wie wenig die ganze verdammte Fragerei bringen werde.

Pieplow ertrug es stumm.

Urlaub wäre nicht schlecht, dachte er. Raus aus diesem Büro. Am besten sogar weg von der Insel. Ein paar Tage Zeit, sich alles noch einmal durch den Kopf gehen zu lassen.

»… oder nicht?« Kästner klang gereizt. Pieplow hatte seine Frage überhört und keine Ahnung, worum es ging.

»Was?«

»Ob das hier vollständig ist, hab ich gefragt.« Kästner klatschte mit der Hand auf die Protokollbogen. »Ich will den Krempel endlich vom Tisch haben.«

»Nicht ganz«, sagte Pieplow. »Einer fehlt noch.«

»Und weshalb?«

»Weil ich noch nicht dazu gekommen bin, deshalb.« Pieplow konnte sich einen gereizten Unterton nicht verkneifen, obwohl Vorsicht geboten war, weil Kästners Laune zu kippen drohte. Schließlich war an ihm das Herumgerenne hängen geblieben, während Kästner im Büro seine Invalidenaudienzen abgehalten hatte.

»Bevor du mit reiferen Damen Schnäpschen trinkst und dir Wollenes schenken lässt, hättest du vielleicht besser erst deine dienstlichen Pflichten erfüllen sollen«, spielte Kästner auf die Nachmittagsstunde an, in der Rieke Voss sich verabschiedet und, zu seinem Erzürnen, nur bei Pieplow bedankt hatte. Kaffee, Sanddorngeist und ein paar dicke selbst gestrickte schwarz-blau gestreifte Socken als Dank für das Gefühl, mit dem Toten unter dem Haus nicht allein gewesen zu sein.

Man werde sich wieder sehen, hatte sie versichert, wenn auch nicht mehr in diesem Haus. Das könne er doch sicher verstehen. Aber die Insel lasse sie sich nicht nehmen. Wo käme man auch hin, sich für Sünden, die man nicht selbst begangen habe, aus dem Paradies vertreiben zu lassen?

Pieplow hatte dazu genickt und versprochen, sich im kommenden Mai zu einem Glas Wein auf der Terrasse des *Inselblick* einladen zu lassen.

»Nur kein Neid«, parierte Pieplow die Stichelei in dem halb spöttischen, halb versöhnlichen Ton, mit dem man Kästner gut den Wind aus den Segeln nehmen konnte. Fast so gut wie mit dem richtigen Imbiss.

»Ich kann auf dem Rückweg Kuchen mitbringen. Berliner vielleicht? Oder lieber was Herzhaftes?« Er stand auf und griff nach seiner Uniformjacke.

Kästner überhörte das Angebot. »Rückweg von wo, wenn ich fragen darf?«

»Vom letzten möglichen Zeugen.« Es klang beiläufig. So, als sei der Gang zum Hafen kaum mehr als seine übliche kurze Auszeit, die den Kopf wieder klarmachte und die Gedanken aus dem Kreisen um immer wieder dieselben Dinge herausholte.

Es war noch einmal warm geworden. Nach ein paar stürmischen Tagen, in denen der Wind das Laub von den Bäumen gerissen und zu braunen, modrigen Haufen zusammengetrieben hatte, spannte sich jetzt ein mattblauer Himmel mit einer herbstmüden Sonne über die Insel. Es war Pieplow recht, dass niemand von ihm Notiz nahm, als er sich auf den Weg hinüber zum Hafen machte. Und auch auf das Gespann, das sich den Deich hinab Richtung Mittagstisch trollte, hätte er gern verzichtet.

»Moin, Pieplow.« Dreistimmig.

»Geht wohl nicht so voran, oder was?« Erwin Schulte wie immer der Redseligste.

»Wie man's nimmt.« Pieplow hielt sich bedeckt. »Wir sind mit unseren Sachen so gut wie durch. Aber wie's bei den Bergenern aussieht …?« Satz fragend in der Luft hängen lassen, Schultern zweifelnd heben, skeptisch die Mundwinkel nach unten ziehen. Fertig war die Steilvorlage für eine Lieblingsmeinung der Hiddenseer: Obrigkeit, pah! Was war von denen schon zu erwarten!

»Sag ich doch«, stieg Een prompt darauf ein.

»Wat de nich selbst machst, wird nix«, führte Mall den Gedanken zu Ende. Alle drei nickten wissend.

»Na, denn«, sagte Pieplow ernst und hob flüchtig die Hand zur Mütze.

Drei Stunden würde es mindestens dauern, ehe die drei zur Nachmittagsinspektion zurück in den Hafen kamen.

Ein paar Schritte noch, und Pieplow sah über die Deichkrone hinweg den Alten auf seiner Bank. Ganz gerade, wie immer in seiner dunklen Jacke, die Hände auf den Krückstock gestützt, saß er da, den Hafen und die Kutter mit ihrem Gewirr von Taurollen und Netzen im

Blick. Er wandte den Kopf nur ganz kurz für ein flüchtiges Nicken, als Pieplow sich neben ihn setzte.

Der Alte schwieg beharrlich, und so machte Pieplow den Anfang. »Sie wissen, warum ich hier bin«, behauptete er ins Blaue hinein.

»Um zu tun, was Ihre Pflicht ist, denke ich.« Die Stimme des Kapitäns klang gelassen. Fast gleichgültig, fand Pieplow, der kaum eine Veränderung im Profil des dunkel gegerbten Gesichts feststellen konnte. Vielleicht waren die Augen ein wenig schmaler geworden.

»Das hört sich einfacher an, als es ist. Weil ich dazu erstmal wissen müsste, worin sie besteht, meine Pflicht«, sagte Pieplow, der sich bei dem Hin und Her seiner Gedanken zu genau dieser Frage seit Tagen wie seekrank fühlte. Übelkeit. Schwindel. Den Wunsch, sich endlich wieder auf festem Boden zu bewegen.

Jetzt wandte der Kapitän doch den Kopf und sah Pieplow an. »Was soll daran schwierig sein? Sie haben nach dem gesucht, der Roloff getötet hat, und Sie haben ihn gefunden.«

»Zumindest einen von beiden«, schränkte Pieplow ein.

»Wie meinen Sie das?«

»Ich meine, dass Sie nicht allein gewesen sind. Richard Schlesinger wird Ihnen geholfen haben, nehme ich an. Wenn nicht bei der Tat, dann dabei, die Leiche zu vergraben. Und vielleicht auch bei dem Einbruch in Roloffs Zimmer.«

»Sie irren sich«, sagte der Kapitän entschieden. »Der

hat nichts damit zu tun. Gar nichts. Ich kannte ihn nicht einmal und hatte keine Ahnung, wem das Grundstück gehörte. Für mich war es ein praktischer Zufall, dass dort gerade ausgeschachtet wurde. Weicher Boden, in dem sich schnell und tief graben ließ. Und um Roloffs Siebensachen irgendwo da draußen zu versenken, brauchte ich gewiss keine Hilfe.« Mit einer knappen Handbewegung deutete der Alte auf den Bodden. Dorthin, wo er allemal tief genug war, um einen Koffer nicht wieder auftauchen zu lassen, dessen Inhalt sich nach und nach auflöste. Anzüge, Pläne, Geld.

»Davonzukommen war damals das Wichtigste«, fuhr er fort, bevor Pieplow etwas sagen konnte. »Aber später, nach dem Krieg, habe ich mehr als einmal beschlossen, nicht länger zu schweigen. Ich wollte geradestehen für das, was ich getan hatte. Ein Urteil hören. Einen Schlussstrich ziehen. Ich habe es nie gemacht.«

»Und warum nicht?«

»Ich wollte nicht alles verlieren«, sagte Kapitän Brahm leise. »Man hätte mir danach nie mehr das Kommando über ein Schiff gegeben. So viel war mir die Wahrheit nicht wert. Aber jetzt soll's mir recht sein, wenn alles doch noch ans Licht kommt und ich Klarschiff machen kann vor der großen Reise.«

Pieplow wich dem Blick nicht aus, mit dem der Kapitän ihn musterte. »Die Wahrheit betrifft nicht nur Sie«, sagte er schließlich. »Bleibt also die Frage, ob sie den Schaden wert ist, den sie immer noch anrichten kann.«

Der Kapitän schwieg eine Weile, bevor er bedächtig

»Verstehe« sagte. »Es geht darum, die anderen zu schonen. Lissi vor allem, nehme ich an.«

Pieplow nickte. »Sie und das Kind, das sie damals bekommen hat und das womöglich diese Wahrheit bis heute nicht kennt.«

»Wir werden also weiter schweigen«, stellte der Kapitän fest.

»Das werden wir«, stimmte Pieplow zu und hoffte, diesen Entschluss nicht irgendwann zu bereuen.

* * *

»Na, was rausgekriegt aus dem alten Schweiger?«, fragte Kästner später ganz beiläufig. Sein Hauptaugenmerk lag auf der Bäckereipappe mit zwei Berlinern, die Pieplow vor ihn hingestellt hatte. Glasiert oder gepudert, das wollte entschieden sein.

»Nichts«, sagte Pieplow knapp und ließ sich in seinen Bürostuhl fallen. »Wenigstens nichts, was für die Ermittlungen wichtig wäre.«

»Ich hab's ja gleich gesagt. Bei so einer uralten Geschichte kann nichts mehr herauskommen. Stimmt's?« Kästner hatte sich für den Berliner mit Puderzucker entschieden und biss herzhaft zu.

»Stimmt«, sagte Pieplow.